桌子全铺上绛色的台布，实在可爱得紧。
——《我现在还不喜欢生火》

待到明年早春，它们每周应该能下一百多颗蛋。
——《给三十来只鸡喂食》

我在尝试晚睡，读书到午夜，甚至到凌晨一点。
——《蛤蜊、舌鳎鱼配白米饭》

我一个人度过了奇妙的春日月夜。
——《我心向您》

The Sunshine Today Sets My Heart Racing

今天的阳光，让我怦然心动

［英］简·奥斯汀 等 著

杜星苹 等 译

天地出版社 | TIANDI PRESS

图书在版编目（CIP）数据

今天的阳光，让我怦然心动 /（英）简·奥斯汀等著；杜星苹等译. —成都：天地出版社，2025.1.
ISBN 978-7-5455-8541-4

Ⅰ.I16

中国国家版本馆CIP数据核字第2024G97M90号

JINTIAN DE YANGGUANG, RANG WO PENGRAN XINDONG
今天的阳光，让我怦然心动

出 品 人	杨　政
作　　者	［英］简·奥斯汀 等
译　　者	杜星苹 等
责任编辑	孟令爽
责任校对	张月静
封面设计	尚燕平
内文排版	麦莫瑞文化
责任印制	王学锋

出版发行	天地出版社
	（成都市锦江区三色路238号　邮政编码：610023）
	（北京市方庄芳群园3区3号　邮政编码：100078）
网　　址	http://www.tiandiph.com
电子邮箱	tianditg@163.com
经　　销	新华文轩出版传媒股份有限公司

印　　刷	河北鑫玉鸿程印刷有限公司
版　　次	2025年1月第1版
印　　次	2025年1月第1次印刷
开　　本	787mm×1092mm　1/32
印　　张	8.25
字　　数	160千字
定　　价	52.00元
书　　号	ISBN 978-7-5455-8541-4

版权所有◆违者必究

咨询电话：（028）86361282（总编室）
购书热线：（010）67693207（营销中心）

如有印装错误，请与本社联系调换

编者的话

在信息不发达的时代,书信是人们建立联系的重要载体。法国思想家伏尔泰曾说:"书信是人生的安慰。"的确,一封家书慰藉了游子的思乡之情,一封情书缓解了恋人的相思之苦,一封致友人书拉近了朋友间的距离……在书信中,绝大部分人都会卸下心防,把自己的情感、思想乃至偏见和盘托出。

本套书选取了54位世界知名文学家的信件,内容涉及爱、友谊、勇气、文学与艺术鉴赏等方面。我们之所以选择文学家的信件,有以下四点原因:

第一,文学家笔触或凝练,或优美,或诙谐,或充满哲思,读起来赏心悦目,让人受益匪浅。比如,聂鲁达说他要给爱人写木质的十四行诗,让爱人的双眸在里面安家,何其浪漫;在写给侄女的信中,泰戈尔详细、精准地描写了故乡孟加拉地区的风光，仿佛一幅水乡风景画徐徐展开；乔治·奥威尔把房子托付给朋友照管时，前一句话在说时局动荡，后一句话就写上厕所不要用厚厕纸，让人猝不及防，啼笑皆非。

第二，在文学作品中，文学家的言辞或许有所收敛，但在书信中，文学家能更自由地表达自己，让读者得以窥见文学家部分真实的样貌。比如，一向给人以硬汉印象的海明威，其实也有温情脉脉的一面；毕业于牛津大学的学霸王尔德，我们原以为考试对他而言是小菜一碟，没想到他也会因考试而焦虑，甚至也会考试不及格；风流倜傥、挥金如土的菲茨杰拉德在面对青春叛逆的女儿时，如同每个有孩子的家长一样，也恨铁不成钢，却又无可奈何。

第三，阅读文学家的信件，能够启迪我们更加艺术地、圆融地、自洽地生活。比如，在写给儿子的信中，高尔基告诫儿子"'给'永远比'拿'快乐"；司汤达指导妹妹，女性要塑造自己的性格，要以杰出人物为榜样；诗人狄金森干脆说"活着就是其乐无穷"，她为活着感到狂喜。

第四，在一定程度上，文学家是一个时代的缩影，我们可从这些文学家的信件中管窥时代发展的脉搏，尤其是价值观的变迁。编者选取的文学家都出生在18世纪到20世纪，阅读这些书信时，犹如穿越到他们的时代，在字里行间感受着那个时代的气息。

这些文学家之所以备受后世推崇，原因不仅仅在于他们精心创作公开发表的作品上的伟大，更在于他们本身知识的渊博、思想的深厚，乃至于在随手写就的信件中都闪着智慧的光芒。

在目录编排上，编者并没有把同一个文学家的书信放到一起，而是从书信内容的主题上予以划分。当然，需要指出的是，书信原是一种非公开的表达，文学家在写信时不会像写文章那样一定有明确的主题。书信的一大特点就是没有主题限制，文学家们往往信手拈来，非常随性，很多时候上段在写自己的衣食住行，下段就写自己的文学见解。编者在根据书信内容进行主题划分的时候，基本按照信中内容关于主题的占比多少进行大致划分。当有的书信内容涉及多个主题且关于各主题的占比差不多时，编者会根据每章的信件数量酌情归类。在每章中，同一个国家地区的，则以写信时的落款时间先后为序。

本册《今天的阳光，让我怦然心动》共六章，"这个地方可爱极了"主题为地方风物，"躺在葡萄园的围墙上"主题为人与自然，"钱没有多少，但天气好极了"主题为人与人，"一大片月光向我们袭来"主题为人在旅途，"我不沮丧，也不泄气"主题为艰难岁月，"幸好您还在这里"主题为文人往来。

为了方便读者理解和把握书信的内涵，编者在每封书信的开头做了简短的背景介绍。关于书信的标题，编者没有采用写信时的时间或收件人作为标题，而是从信中摘取精彩的原话。这句原话或是彰显作者意志，或是体现全文主旨，或是迎合主题归类。有一两个不容易找出精彩原话的标题为编者所概括。读者不难发现，参照这个标准，三册书的书名也是源于此。

在书信内容的分段上，编者基本遵从书信原有段落的安排，但有的作家出于个人习惯，信写得很长且未分段，编者酌情进行了分段，以便于读者阅读。

所有书信中提及的人名，译者均根据《世界人名翻译大辞典》《俄语姓名译名手册》进行翻译。

脚注部分,编者根据《辞海》及作家的生平资料进行编写。

对于信件内容的翻译,译者在忠于原文的基础上,力求传达出作者的心绪、风格及精神。但由于部分信件距今十分久远,可供查询的资料甚少,因此背景介绍和脚注或有不足,这点还望读者谅解。

编者希望通过书信这一种特殊的文体形式,能让读者更了解耳熟能详的文学大家,领略到他们在作品之外的风采。

目录
Contents

这个地方可爱极了

这可是大海啊 / 济慈　　　　　　　　　　003

这个地方可爱极了 / 伍尔夫　　　　　　　011

这里的紫罗兰，香气扑鼻 / D.H.劳伦斯　　014

这里的树木抚慰人心 / D.H.劳伦斯　　　　018

活生生的地球正在我身上呼吸 / 泰戈尔　　022

躺在葡萄园的围墙上

我现在还不喜欢生火/ 简·奥斯汀	027
我太喜欢你们的房间了/ 王尔德	048
我们坐享春光,谈笑风生/ 伍尔夫	054
给三十来只鸡喂食/ 乔治·奥威尔	059
躺在葡萄园的围墙上/ 卡夫卡	071
蛤蜊、舌鳎鱼配白米饭/ 海明威	073

钱没有多少,但天气好极了

我只懒到5月末/ 契诃夫	079
钱没有多少,但天气好极了/ 契诃夫	085
明天会更快乐/ 纪德	089
现在我试着自己做饭了/ 乔伊斯	092
我赢得了一个人的掌声/ 叶芝	096
我的生命像一团火焰/ D.H.劳伦斯	099

一大片月光向我们袭来

一大片月光向我们袭来/王尔德　　　　　　　　105

浪漫！真浪漫！/布鲁克　　　　　　　　　　116

我无语凝噎/泰戈尔　　　　　　　　　　　　120

我无所畏惧/马克·吐温　　　　　　　　　　125

这就是生活！/马克·吐温　　　　　　　　　129

我从未见过这般场景/威廉·福克纳　　　　　133

我不沮丧，也不泄气

接受一切/ 夏洛蒂·勃朗特	141
当受的折磨/ 狄更斯	145
信念改变一切/ 乔伊斯	147
幸福是一所最好的大学/ 普希金	150
我不沮丧，也不泄气/ 陀思妥耶夫斯基	155
仰起脸直冲太阳/ 小林多喜二	186

幸好您还在这里

等待月亮/ 席勒、歌德	193
幸好您还在这里/ 托马斯·曼、黑塞	199
没有妖怪,没有英雄/ 福楼拜、乔治·桑	213
我心向您/ 屠格涅夫、托尔斯泰	228
可以望见火山/ 三岛由纪夫、川端康成	237

这个地方可爱极了

这可是大海啊

/ 济慈

> 这是济慈写给好友雷诺兹的一封信,告知好友自己的近况。信中出现的诗作,多为济慈的即兴之作。作为19世纪英国浪漫主义抒情诗人,济慈的大量诗歌都写于书信之中。

亲爱的雷诺兹:

我在南安普敦①给弟弟们去信后,总是心神不宁。此时此刻,我从包裹里取出我的书,将其安置在一个温暖的角落,把《海登②》《苏格兰的玛丽女王》和《与女儿们在一起的米尔顿》排成一行,钉在墙上,我的心

---

① 英国英格兰南部港口城市。——译者注(如无特别说明,本书注释均为译者所注)
② 即本杰明·罗伯特·海登,英国画家,济慈的好友,此句中的三幅画均为海登的作品。

开始平静下来。我在走廊里发现了一张从未见过的莎士比亚的画像。这很有可能是乔治赞不绝口的那一张,我喜爱至极。对,我把这张画像挂在我的书上方了,凌驾于那三幅画之上。在此之前,我丢弃了一张法国大使的画像。光这点儿事就费了我足足一上午的工夫。

昨天我去了趟尚克林。我真是左右为难,不知道是去那里住,还是留在卡里斯布鲁克。尚克林风景绝佳:漫山树林、绿草如茵,直抵峡谷附近;峡谷夹在两座峭壁之间,至少深约三百英尺[①];峡谷逼仄处树木丛生,越往宽阔处倒越是光秃秃的;峡谷一侧遍地樱草花,花开一路,直至海岸,另一侧则绿树成行,美丽的绿篱径直伸向沙滩,几座渔民的小屋散落其间。这可是大海啊,杰克,是大海——那小巧的水帘,白皑皑的峭壁,还有圣凯瑟琳山,"绵羊在草地上,母牛在玉米地里"。

那么,你是不是要问:"你还有什么理由留在卡里

---

① 英美制长度单位,1英尺约合0.3米。

斯布鲁克？"原因如下：首先，我的开支将增加两倍，不便之处是原来的三倍；其次，在这里，我能看见你所在之地，越过附近的一座小山，怀特岛的北角尽在我的眼底，你我仅有一水之隔；第三，透过我家窗户，我能一眼望见卡里斯布鲁克城堡、几条林间小道、几处矮灌木丛，还有那些湍急的河流，这一切都令我心情愉悦。说到樱草花，若得《报春花之国》慨允，应称那座岛为"樱草花之岛"。岛上花簇繁多，正欲昂起头颅，若遇大雨将至，鸟眼花必将垂首。我在此定居还有一个理由——我常常在这周围散步。无论往东西南北哪个方向散步，我都喜欢。

我见过的名胜古迹不多，自认为无一处可与卡里斯布鲁克城堡相比。沟渠内，草皮平整如毯，常青藤爬满城垣。城堡主楼偏居一侧，俨然是一座常青藤编织成的亭台。一群寒鸦在亭中盘踞多年。我敢说，如今在这里见到的众多寒鸦，皆是某只老寒鸦的后裔，它们的祖先曾透过围栏，悄悄凝视被囚禁在此的查理一世。

从考斯去往纽波特的路上，一座座军营赫然映入眼帘，政府在如此美丽的地方筑"贼巢"，真让我深恶痛绝。我在海滩上与一名男子谈及此事，他说当地人民备受摧残。我在纽波特留宿的房间窗户上写着这样一行字："小岛啊，惨遭军队践踏。"……在所有挚爱之中，我想求三位的画像——阁下、汤姆和乔治，劳你转告海登，我恳求他作这三幅画，他必应允。因缺乏规律作息，我一直神经紧绷。《李尔王》中的那句"你听不到海的声响？"不断在我脑海中回荡。

咏海

它细语呢喃，永远盘绕在
荒凉的海岸，澎湃的波涛
将千万个岩穴填满；直至赫卡特[①]施咒
那声音古老神秘，充斥其间。

它常常和颜悦色，
顶小的贝壳偶尔在某处遗落

---

① 希腊神话中的女神。

一连数日，寸步不挪，
趁着从天而降的风尚且微弱。

噢，若你双目空洞、茫然失措，
便尽情瞭望大海的辽阔。
噢，若你耳畔喧嚣、杂声不绝
或过度浸淫于世俗凡乐，
便安坐于古老的洞口旁冥想，
蓦然惊觉，犹闻海中仙女幽歌。

（1817年4月17日于卡里斯布鲁克）

你可否帮我个忙？借一本植物学词典，翻阅"月桂树"与"李属①"两个词，请你的姐妹与迪尔克夫人看看注释，并请她们将我的茶杯、篮子和书寄出，莫再延误，我在城里时，她们便推三阻四、不当回事。且问她们如何为自己开脱。请问问迪尔克夫人：为何令我这般窘迫？简近来身体如何？来信时请告诉我。这种天气于

---

① 蔷薇科下的一属。

她身体不利。转告乔治和汤姆：写信给我。

我告诉你一件事，23日是莎士比亚出生的日子。倘若我这一日不仅收到你的信，还收到我弟弟们的信，便可谓喜上加喜。无论我何时提笔，脑海里都会时不时地蹦出莎士比亚笔下的一两句文字，虽说同样的剧本我们已经读了四十回，但每次写下来仍感觉别有新意。比如下面这一句，出自《暴风雨》，让此时的我萌生出前所未有的触动：

> 精灵们，
> 漫漫长夜，当辛勤劳作，
> 揽下所有活。

我如何才能让你联想到这一句：

> 陷入黑暗的过去与时间的长河。

我发现，若无诗歌，若诗歌不可永恒，我便无法存活；半天也过不下去，整日沉浸于诗歌中。最初，我只懂些皮毛，可沉迷其中，现在我已积小流、成江河。这段时间，我什么也没写，急得直哆嗦。幸而写了信纸反面的这首十四行诗，因为它，我昨晚难得睡了个好觉。可今早我又像先前一样坐立不安。方才我翻阅斯宾塞[①]之作，首先映入眼帘的是这几句：

> 高尚的心，善念常存，
> 与壮志凌云的赤子齐头并进，
> 奔驰不息，直至
> 无上荣光万世流芳。

我特别想知道海登的情况。请他来封信，与我说说亨特，只写几行即可。我盼望一切安好。我的《恩底弥翁》即将动笔，希望赶在你来之前有些成果，届时，我在城堡附近寻觅个安逸舒适的地方，你我吟诗唱和。请代我逐一问候你的诸位姐妹，代我问候乔治和汤姆。代我问候赖斯、迪尔克先生与夫人，以及我们的每一位旧

---

① 英国诗人，其诗作对英国诗歌格律的形成影响很大。

相识。

挚友约翰·济慈
4月18日

  来信请寄至：卡里斯布鲁克新村库克夫人府上J.济慈收。

（杜星苹 译）

这个地方可爱极了

/ 伍尔夫

> 1904年,伍尔夫的父亲去世,这让伍尔夫第二次陷入精神崩溃(第一次是母亲去世),她试图自杀过好几次。同年12月,她找到一份教书的工作,还第一次发表了作品。这封给友人的信便是写于此时。从信中可看出,她正在努力开展新生活。

亲爱的奈莉:

感谢来信。这还是第一次收到针对我文学创作的信件,我很高兴!你无法想象作家与困兽是何其相似,妮莎可以理解这一点。在我看来,艺术家创作的动力并不是那么充足,毕竟作品是公开创作的,总是直面批判;贫苦的作家则将所有思绪束于脑中的黑暗阁楼,一旦成书,这些思绪便显得颤颤巍巍,毫无包装。因此,作品若能得人喜爱，对作者而言，实属大大的鼓励。这并不是说"批判"这一行为值得颂扬，而是说它确实是一件枯燥乏味的事，我也痛恨批判的态度。一直以来，我深知自己不过是徒有其表，未必写得出这般水平的作品，又有何资格评判何为佳作、何为劣作呢？

请想想，有什么严肃的题材值得书写，下次见面时告诉我。我正寻觅一份工作，希望为一个"宏图伟志"的事业奋斗十年。我曾向懂行之人问询意见，他建议我学历史，称"当你年届七十，便可动笔著书了"。说实话，我无法保证七十岁还能提笔写作，对方却似乎丝毫没有考虑这些细枝末节。

我们于昨日抵达伦敦，此地已下了十天大雾。大都市的生活何等精致，在这里，你可一路缘径折枝玫瑰，四处走动时还需时时打着遮阳伞！昨日终于"拨雾见日"，不过已是日落时分，因此只见到少许阳光。不过，今早太阳照常升起，灿烂如常。

这个地方可爱极了。你如果打算再建一处房屋，不妨就建在此处吧。山毛榉的树冠大举涌进我家的前门，以至于阿德里安在客厅就闻到它们的气味啦。森林中还有小马，听到一声召唤就会前来。昨晚，索比还在月光下看到一头奶牛在田野中追逐一只狐狸。今早索比便把胡子刮掉了，希望自己看上去更像个律师。不知道这跟昨晚的狐狸有无瓜葛。我和妮莎租了自行车来骑，今天下午，我那辆车的前轮爆了，听上去像打手枪的声音，生生把轮胎的一侧炸出个大口子。

我不知道为何要写这样一封长信，毕竟你未必想看。可是，这里没有书，每当看到笔墨，我就不禁想要写点什么，就像有人看到松子酒便止不住痛饮一般。

你的伍尔夫
尽可畅所欲言！
1904年12月22日

（张容 译）

这里的紫罗兰，香气扑鼻

/ D.H.劳伦斯

1916年初，劳伦斯正和赫塞尔廷、库尤姆迪安等一众英国文学家一起创作一个剧本，虽然该剧本最终未能保存下来，但从这封写给奥托莱恩·莫雷尔的信来看，劳伦斯还是很开心和大家一起创作。在此信中，他还邀请奥托莱恩到他正在居住的地方探访，那里面朝大海，花香袭人。

亲爱的奥托莱恩：

你的信已悉数送至我手中，得知你喜欢默里，我十分高兴。我信得过的人寥寥无几，他是其中一个。

我们已来此住了一个星期，这地方让我无比欣喜。大海波涛汹涌，在黑色礁石下翻腾，暮色时分，西边霞光漫天，无垠的海水向远方蔓延，流向未知。在这里，我比以往更快乐。只是，两天前，我又染上了重感冒，感觉格外糟糕，仿佛看不到未来，仿佛一切走到了尽头。我想，万事皆有尽头，人只能等待新的开始。只是，我就这样孤零零地与尽头对峙，实在是可怕得紧。

赫塞尔廷[①]也在这里。我喜欢他，但他似乎脑中空空，毫无创造性。这些年轻人向来如此。他们朝气蓬勃，却一副生活无望的样子。不过，人总相信奇迹，相信神力。我相信神力，那不属于人类的生活，也不属于宗教。此外，只剩下穷途末路。

可那黑色礁石下的白浪却有不同的命运，它强劲有力、无穷无尽。依我看，海水泡沫里像是藏着一位凶神恶煞般的神，世人不曾见过神的真容，也无从知晓神的名讳——天知道这位神仙姓甚名谁。

你何时来探望我们？我们在这里只能住到3月份。之后，我不知我们该何去何从。不过，来这里和我们见一面吧，为了这片海，这份静谧，这种祥和，也为了这与世隔绝的生活。

---

① 英国作曲家、文学家，后以彼得·沃洛克为笔名发表音乐作品。

管家埃玛有一副好心肠,还烧得一手好菜。房子不算太小,你会住得很舒适。埃玛有两个私生子。年长的孩子随埃玛的父母住在特里沃利德农场,年幼的孩子住在这里。六岁左右的孩子,小脸蛋红扑扑的。赫塞尔廷说,养育两个私生子的女人一定很善良。埃玛实在是了不起。

我把一个短篇故事写了个开头,但接下来怎么写,我毫无头绪。你看,人必须闯出一片新天地,这实属不易。我们还会继续写,所有人通力合作,以赫塞尔廷和他的"虎妻"①之间的种种故事为素材,写一部舞台喜剧。这部剧一定很有意思。

库尤姆迪安②明天会来住一段时间。希望我们能和他投缘。无论如何,他会比菲利普更活跃。菲利普仿佛尚未出世,仿佛只是过往的回声,只会与过去唱对台戏。不过,待新世界来临时,或许他会迅速获得新生。在此期间,征兵一事如一把达摩克利斯之剑高悬于他的

---

① 赫塞尔廷的妻子是明尼·露西·钱宁,曾是伦敦苏豪区的艺术模特。
② 英国小说家。

头顶。

人须告诫自己：心如平镜、随遇而安。人若随心所欲，必一事无成。但人可以有一颗开放的心，至少不给心门上锁，以迎接新时代的到来。如此，足矣。

这里的紫罗兰，香气扑鼻。风和日丽，用不了多久，我的感冒就会痊愈，我又可以走出门享受整个世界了。弗丽达向你致意，她说正计划迎接你的到来。请代我问候菲利普——他是否正为征兵的事难过？他现在感觉如何？代我问候孩子们。

友人D.H.劳伦斯
1916年1月9日

（杜星苹 译）

这里的树木抚慰人心

/ D.H.劳伦斯

"一战"时,劳伦斯四处流浪,一心想寻觅一处安身立命之地,过踏实而闲适的生活。该信完全袒露了他的这一心愿。

亲爱的格雷:

你觉得博西格伦镇怎么样?——你如果已经回到镇上,请与我说说。希望那里天气不错,阳光正盛,气候温和。

我给肖特上尉写信,告知他我无意续租特雷格森的房子,也写信把此事告知了威廉·亨利。只是,我还没考虑好如何处理那些家具。假如我告诉我姐姐,我们可能不去她家附近住,她一定会暴跳如雷,虽然她还没有帮我们找到房子。

这边倒是有两幢令人心仪的房子，其中一幢在村庄里，四周万籁俱寂，房子坐落于山脚下，山上有一片榛树林，小院背靠着古老的教堂墓地，灰蒙蒙的教堂塔楼在阳光下长眠不醒；另一幢房子建在山上，紧挨着森林。自然，弗丽达特别想住进其中某幢房子里。可我们昨天去汉普斯特德的诺里斯村里时，一想起我们要住在山脚下，紧邻着教堂，我的心就很慌。眼看就要选择另一处房子了，我心中更是忐忑。我多希望自己是一只狐狸或一只小鸟——可眼下，我只想拥有一辆大篷车和一匹马，永远在路上，永远四下无人。战争结束后，我真心想过这种生活。附近有一处吉卜赛人的营地，他们沿着沙子路在松树下驻扎，真让我羡慕不已。

我发现，这里的树木抚慰人心。我从不知道，树木能让人感到如此踏实。层林叠翠，阳光充足，一棵棵树傲然耸立，仿佛它们有不同于人类的思想。此时此刻，我脑海中浮现出一片汪洋大海的景象，身体随之一颤。

我研究美国文学，写了几篇文章，目前正在收尾阶段。在文中，我直抒己见。写完这几篇，无论如何，我再也不写任何与哲学有关的东西了，感谢上帝成全。

不过，这部作品绝对有必要出版，我一定明确阐述立足点，反复修订内容。好文如斯，鞭辟入里，引人入胜。我认为全世界应振臂欢呼，感恩这部作品即将问世。更何况，我曾亲眼见证，对于这样的作品，世人的反应正是如此。

这儿简直像春天一样。我虽认为战争永无止境，但也相信，我方与德方的对战很快会告一段落。对于全世界而言，这场对战无足轻重——人类不会为此改变，双方的阵亡人数不足以让世人震撼。我开始觉得，快快乐乐、得过且过，也就够了。这种生活很不错。正因如此，村里那种环境下的房子才让我如此心慌。相信我能适应住宅环境、酣然入梦，时时聆听教堂的钟声，遥望农场的马群在池塘边饮水，郑重其事地写下冠冕堂皇的东西，接待不通礼数的来访客人，他们均出身于外界底层。

无疑，新的达摩克利斯之剑正在空中旋转，即将落下，击中某人头顶。

不知为何，你和我不太擅长与彼此相处。我们似乎格格不入，可能最好是天各一方。你好像总在追逐某些东西,而我恰好与你背道而驰。等你想结束追逐时,你告诉我一声,我们可以重聚。你跳那种性感的舞蹈时,活脱脱一副伊斯兰教托钵僧的样子,看得我头昏脑胀,仿佛脑袋里有颗炸弹滴答作响。求上帝保佑我们,与人相知竟是件大难事!但我觉得,我们终会有一拍即合的那一日。速速结束你的追逐。我身边就是容不下其他人——有时,弗丽达是个例外。或许我应该改掉这个毛病。

在特雷格森搬家时,如果需要人帮忙,我就去找你。再会。弗丽达问候你。

D.H.劳伦斯

1918年3月12日

我真心不愿拥有什么东西,也不想要新房子。如果人能当动物该多好,裹一身温暖、厚实的皮毛,无需其他遮羞布。人不该拥有房屋和家具——这好比人不该拥有高速路上的石子。

(杜星苹 译)

活生生的地球正在我身上呼吸

/ 泰戈尔

1890年,泰戈尔回到故乡孟加拉地区处理庄园事务,他把在乡间的见闻以书信的方式悉数写给了侄女戴维,共一百四十五封信。这些信像一篇篇精美的散文,有心的侄女把它集结成一份献给泰戈尔的生日礼物。泰戈尔甚是高兴,转而出版成书《孟加拉风光》。

小船系于河畔,岸上飘来一缕芳草的清香,大地散发着滚滚热浪,真真切切,萦绕在我身旁。我能感受到,活生生的地球正在我身上呼吸,予我以温暖,她一定也感受到了我的气息。

禾苗新发,随着微风摇曳,水鸭成行,时而一个猛子扎入水,时而用喙啄洗羽毛。这一刻,万籁俱寂,唯有小船随水波荡漾,船舷挤得跳板吱嘎作响,声音低沉而凄凉。

不远处是渡口。斑驳的人群聚在榕树下，等候渡船回程；船一靠岸，人们争先恐后，忙不迭地上船。这等趣景，我连看几个小时都不厌。河对岸的村子里今天有集市，难怪渡船如此繁忙。有人扛着几捆草料，有人挎着篮子，有人背着麻袋；有人正赶往集市，有人则从集市归来。如此，在这个静谧的晌午，人们有条不紊、络绎不绝地穿梭在连接两个村落的河上。

我静坐沉思：我们的国家为何常年愁云惨淡？田野、河畔、阳光、蓝天，无一幸免。我想，原因就在于，与人相比，大自然有更深邃的奥义。

田野无垠，蓝天无际，在阳光下融为一体。天地之间，人类微不足道。人来人往如渡船，自此岸划向彼岸；只闻他低语声窸窸窣窣、吟唱声断断续续；他在集市上徐步而行，只为满足人世间那些微不足道的欲望；但在浩瀚、超然的天地间，所有一切不过是沧海一粟、转瞬即逝，千愁万绪亦不足挂齿！

大自然不言不语、顺势而生、泰然自若、高深莫测，它广袤、旖旎、纯粹、静谧；反观我们人类自身，满怀无谓的愁绪，饱受冲突之苦，惶惶不可终日。

望着繁茂的树木伸向远方，郁郁葱葱，与河对岸的田野汇成一片，我不禁思绪纷飞。

每逢大自然藏身于云雾深处，或遁形于风雪与黑暗之中，人类便自以为是天地的主宰者。人将欲望与功业视为永恒，盼着永垂不朽、世代传承，建丰碑、写传记，甚至还要为死者立墓碑。可多少座墓碑坍塌无存，多少姓名成过眼烟云！人只顾埋头忙碌，压根儿没工夫考虑这些事！

1891年6月

沙扎德布尔

（杜星苹 译）

躺在葡萄园的围墙上

我现在还不喜欢生火

/ 简·奥斯汀

在众多的兄弟姐妹中,简·奥斯汀跟姐姐卡桑德拉关系最好。同简·奥斯汀一样,卡桑德拉也终身未婚。简·奥斯汀给姐姐写了很多信,多是谈论家庭琐事,家庭成员和亲戚的名字多次出现在信件中,可以看出她们家庭关系密切,生活气息浓厚。

(一)

我刚刚收到你和玛丽的来信,十分感谢。不过,信的内容可以更令人愉快些。事情进展不顺利,我也就不指望周二能与你们相见了;若你们在那天之后才能返回,我们就很难在周六前接你们了。话说我对舞会不怎么感兴趣,若是能提前两天相见,推掉也没什么可惜的。可怜的伊丽莎[①]病了,大伙都感到很难过。不过,我相信自从接到你的来信,她就在渐渐康复,你不会因照顾她而过于劳累。查尔斯[②]竟然显摆起他的长袜,真是一无是处的家伙!希望他余生都会为此羞愧难当!

我昨天给你寄了一封信,内容不长,也不是太有趣,所以,就算你没收到此信,也不会有什么损失。我主要想告诉你,库珀一家昨天到了,他们都很健康。他们自言小男孩长得像库珀博士[③],小女孩则像简[④]。

明晚我们将前往阿什,同行的有爱德华·库珀[⑤]、詹姆斯[⑥](舞会没了他可不行),还有布勒——他现在与我们同住。我简直迫不及待要参加明晚的聚会了,十分期待朋友邀请我跳舞。不过,他必须保证不再穿那件白色外套,否则将被我"无情"拒绝。

你对我的上一封信大加赞赏,我很受用。我写作仅

[①] 简·奥斯汀的嫂子,哥哥亨利·托马斯的妻子。
[②] 简·奥斯汀的哥哥。
[③] 简·奥斯汀母亲的姐夫。
[④] 简·奥斯汀的表姐。
[⑤] 简·奥斯汀的表哥。
[⑥] 简·奥斯汀的大哥。

仅是为了名声，绝不是为了物质上的报酬。

爱德华①今天去见他的朋友约翰·莱福德了，明天才会回来。安娜②过来了——她乘马车来看望堂弟妹，但她并不怎么喜欢他们，只对卡罗琳③的手纺车称赞有加。听玛丽说，福尔夫妇都很喜欢你，我很欣慰。希望你继续为身边人带去快乐……

致你最真的爱，你亲爱的简·奥斯汀

1796年1月14日，周四

斯蒂文顿

（二）

亲爱的卡桑德拉：

收到这封信之前，你若留意了上封信的结尾，定会感到心安和满足。母亲的旧病没有复发，德巴里小姐也

---

① 詹姆斯的儿子。
② 詹姆斯的女儿。
③ 詹姆斯的另一个女儿。

来过了。母亲仍在康复,只是体力恢复得不快。我没有过多奢望,只求她平安无事。昨天,她坚持坐了将近八个小时,希望今天也能如此……病人的情况就交代这么多,现在来谈谈我吧。

上周三,勒弗罗伊太太前来拜访。哈伍德一家也来了,他们很贴心,赶在勒弗罗伊太太来临之前就离开了。虽然被父亲和詹姆斯不时打扰,我仍与勒弗罗伊太太单独相处了很久,听她讲了很多趣事。她完全没有提及她的侄子[①],也没怎么谈及她的朋友。这并不出乎我的意料。在我面前,勒弗罗伊太太一次也没有提起她侄子的名字,出于自尊心,我没有主动发问。不过,后来父亲问他现在在哪里,我才了解到他从爱尔兰回到了伦敦。他在爱尔兰获得了实习律师的资格。

她给我看了几周前朋友寄来的信(她曾写信向朋友引荐拉塞尔太太在剑桥的侄子,这是朋友的回信),信的结尾大致是这样写的:"听闻奥斯汀太太患病,我深感遗憾。愿有机会与奥斯汀一家进一步交往,盼加深联

---

① 简·奥斯汀曾与她的侄子交往过,后来此人娶了一位富太太,据说他终身没有忘记简·奥斯汀。

系。不过,眼下还未到实现心愿的时机。"这话说得极为理智,比起之前时不时给我的"错觉",这句话理智大于情感,我很满意。一切都将顺风顺水,最终以一种无比合理的方式曲终人散。大概率他不会在圣诞节来汉普郡,那么我们之间极有可能会快速冷淡下来,除非他对我有所关心——就算永不相见,也能秉持这种关心的态度——貌似一开始他就对我一无所知。

勒弗罗伊太太未对该信做出评价,也没有对我提及他的任何事。许是她认为自己讲得够多了。在巴斯时,她经常与梅普尔顿一家碰面。克里斯蒂安的健康状况仍然令人担忧,患了肺痨,且不太可能康复。

波特曼太太在多塞特郡并不怎么吃香。善良的人们一向将她的美貌吹捧得过分,以致多塞特郡的新邻居们大失所望。此事成为人们茶余饭后的谈资。

母亲让我告诉你,我把家管得很好。我不排斥做家务,自认为在做家务方面天赋异禀。借着这个由头,我还能"假公济私",做些符合自己口味的菜肴——在我看来,这正是做家务最大的好处。我做了时蔬炖小牛肉,明天打算做时蔬炖羊肉。不久,我们还要杀头猪来吃。

下周四在贝辛斯托克有场舞会。自从把马车收起来，出行不便，加之我们去舞会的意愿不高，两个原因双管齐下，舞会在我们的生活中渐渐谢幕。

父亲一如既往地喜爱卡思伯特小姐。他恳切地希望，凡你有她或她兄弟的消息，一定要告知他。作为回报，我告诉你一桩关于父亲的小事：他的一只莱斯特郡羊上周送去宰杀了，羊肉被割成块，每块重达二十七点二五磅。

两天前，我与父亲去迪恩看望玛丽。她仍受风湿折磨，若能摆脱这一病症，想必她不胜感激。不过比起风湿，孩子更让她心累。若能摆脱孩子，她会轻松不少。她请了一个保姆。这个保姆相貌一般，做事也马虎。不过，赫斯本当地人都说她是最好的保姆。但愿日后玛丽能对她改观。

天气多么好！这么晴朗的天气或许不该出现在早上，更像是中午户外的景象——愉快闲适——至少人人都是这么想的，而想象胜过一切。不管怎样，我认为，于爱德华而言，干燥的天气很重要。我现在还不喜欢生火。

我想我应该还没有告诉你,库尔撒德太太和近日住在曼尼顿的安妮去世了,都死于分娩。我们没敢告诉玛丽这个噩耗。哈里·圣·约翰担任了圣职,在阿什教堂执事,做得相当不错。

我很享受在家务中添些创意,比如时不时做些牛脸肉,下周我打算做一次,里面放些小饺子,这样我能想象自己仿佛到了戈德默沙姆庄园。

希望乔治喜欢我的新菜品。即使菜品不精致,也许仍旧让他感到满意,虽说艺术家决不容许粗制滥造。但就像小孩成长一样,我的手艺也会渐长的。

你的简·奥斯汀

1798年11月17日,周六

周日——我接到詹姆斯的消息,说玛丽于昨晚十一点生了个漂亮的小男孩,母子平安。未收到准确消息前,母亲什么也不想知道。我们也相当识趣,巧妙地瞒着她,只是原本被老师留在这里的珍妮被送回家了……

昨天我拜访了贝蒂·隆德,她专门问到你,说你之前经常看望她,因此她非常想念你。这是拐弯抹角地责怪我,不过我应该受着,从中吸取教训。为了玛丽,下次写信时,我会再给乔治寄一幅画,我想不会拖得太久。母亲仍安好。

(三)

亲爱的卡桑德拉:

我迫不及待地要告诉你一个好消息。为此,我早早动笔写这封信,但不会提早寄出。

海军上将甘比尔批复了父亲的申请,回复道:"通常,年轻的军官在小型舰艇服役,考虑到他们经验尚浅,这样的安排再合理不过,还可营造适宜的环境,帮助他们了解自身的职责;因此,令郎[①]将仍在'蝎子号'服役。不过,我已向海军委员会提及他到护卫舰工作的意愿,待时机合适,且他在小型舰艇效力完毕时,

---

① 指简·奥斯汀的兄弟查尔斯。

有望调动岗位。至于您另一个在'伦敦号'服役的儿子，我打包票，不日将晋升，斯潘塞伯爵曾说，将于近期提议晋升事宜，令郎也在晋升名单之中。"

噢！我不如就此搁笔，自绝于人世好了！相信我无论再写些或做些什么，比起这一爆炸性"新闻"，都将黯然失色。我相信，我们的好兄弟①必会获得晋升，只愿先将这一喜讯告知他，毕竟他是当事人。父亲已致信戴什，希望有任命消息时，他能给我们报个信。你最大的愿望终于要实现了；若是斯潘塞伯爵还能给玛莎②带来幸福，你会欣喜万分吧！

我亦将甘比尔上将的简讯告知查尔斯了。他虽在小型舰艇上服役，但我相信，这一潜在的机会，必会让他满意。听上将的意思，查尔斯似乎是有意被留在"蝎子号"的。不过，我倒不会妄自猜疑，徒增烦恼，相信事实会给出满意的答案。

圣·文森特伯爵被调去直布罗陀③，为此，弗兰克在

---

① 指简·奥斯汀的兄弟弗兰克。
② 指简·奥斯汀的好友玛莎·劳埃德，后与斯潘塞伯爵结为夫妻。
③ 欧洲伊比利亚半岛南端港口城市，英国海外领地。

11月12日给我写了封信，至此，足足有十周他未收到我们的去信。他的调令函应比我们的去信更快，毕竟政府派文都是准时发出，途经里斯本[①]，由陆路送至伯爵手中。

我今早刚从曼尼顿返回，发现母亲的状况跟我离开时一样好。她不喜欢寒冷天气，但我们也没什么办法。我与凯瑟琳安静地待了一会儿，感到十分惬意，布莱克福德小姐也很可亲。我并不希望身边的人都那么可爱，否则每个人我都爱，可就伤神啦。到曼尼顿那天是周四，我只见到凯瑟琳和布莱克福德。我们一起用餐，一起前往沃廷寻求克拉克太太的庇护；与克拉克太太一起的，还有迈尔德梅夫人、她的长子以及霍尔夫妇。

我们的舞会来客不多，但是妙得很。当天共有三十一个人，其中，女士仅有十一个人，且只有五位尚未出嫁。出席的男士则可从我的舞伴中窥个大概：伍德先生、勒弗罗伊先生、赖斯、某位布彻先生（跟着坦普尔斯家来的，是名水兵，但不属于第十一轻骑兵兵团）、坦普尔斯先生（并非那位可怕的"坦普尔斯先

---

① 葡萄牙首都和最大城市，位于国境西南部特茹湾北岸。

生"）、威廉·奥德先生（金斯克利尔人的表亲）、约翰·哈伍德先生，以及卡兰先生——如往常那样，卡兰先生又握着那顶帽子，不时站到凯瑟琳和我身后，企图与我们搭话，但他又不肯跳舞，因此被我们说了一通。不过，经我们一番嘲讽后，他最终还是迈进了舞池。我与卡兰许久未见，重逢令我快乐。他全然成为当晚最耀眼的存在，没少"拈花惹草"。他还问候了你。

舞会共有二十支舞，我每支都跳了，丝毫不觉得累。我很高兴自己这么能跳，且跳得心满意足。之前，参加在阿什福德举办的舞会（不过是为了跳舞的集会罢了），我兴致不高，没想到沃廷的舞会竟令我如此享受。天气寒冷，人也不多，我却觉得，跳上一个礼拜跟跳半个钟头没区别。勒弗罗伊太人公开表达了对我那顶黑色帽子的喜爱，我偷偷猜想，在场的每个人应该都和她一样。

周二——感谢你寄来的长信，作为回报，我会将这封信的剩余部分尽量写得紧凑些。来信的大部分内容令我愉悦，你本来就应该参加一场舞会，跳跳舞，和亲王共饮美酒，考虑买件新的薄纱长裙，这些事情都会让人开心。我下定决心，一有机会，也要买件出彩的长裙。看看我现在的那些衣服，多半让我厌倦和羞愧，乃至我瞥到衣橱都会羞红脸。不过，我不会再因破衣烂衫而丢脸，我会快快地把它改成衬裙穿。祝你圣诞快乐，但我决不赞美冬天这个季节。

可怜的爱德华！他拥有他想要的一切，却独独不能享有健康。不过，我希望胃病、眩晕与恶心能助他早日重获福祉。若他的神经紧张是由体内多余之物的压迫所致——这是极有可能的事，那么，胃病倒真成了疗愈神经紧张的良方。这是我真挚的愿望，因为世上没有谁比爱德华更应获得纯粹的幸福。

我不知道该如何处理新买的长裙，真希望像这样的东西买来时就是成衣。下周二去迪恩，我希望在受洗仪式上见到玛莎，问问她对这件长裙有何高见。我愿意听听别人的建议，如此就不必费心决策了。

想到你在阿什福德的舞会上跳舞、和亲王共饮，我又高兴起来。对于凯奇夫人的沮丧与困惑，我完全可以理解。她总是有各种各样愚蠢而难解的感受，故而她认为舞会是件难以忍受的事也就不足为奇了。不过，尽管她的想法十分无稽,我依然爱她。再见到爱德华·布里奇斯,请带去另一位"奥斯汀小姐"的问候。

我坚决不允许你放弃购买新长裙的想法,我敢说,你肯定想要一件,且一周后你就能拿到五镑,我确信你能买得起,若真是钱不够,我送你内衬。

归家后,我帮扶了一些可怜人,听我细细道来。我送给玛丽·哈钦斯、裘夫人、玛丽·斯蒂文斯和斯特普尔斯夫人一人一双绒线袜,送给汉娜·斯特普尔斯一条连衣裙,把一条披肩给了贝蒂·道金斯。这些东西约合半几尼①。不过,我认为巴蒂家的不会接受任何东西,也就没必要送给他们了。

关于听到对哈丽雅特·布里奇斯的好评,我很高兴。她举手投足间,俨然是一个十七岁的淑女,无论是爱慕他人或是被人爱慕,她的处理方式远比她的三个姐姐更为得当,她们全然不像她这么青春飞扬。我敢说,在她心中,埃尔金顿少校与沃伦一样可爱,如果她真能这么想,那就太好了。

---

① 英国货币单位。

今天，我本来要去迪恩用餐，但天气实在太冷了，我宁愿在家里看雪。周五，我们将与迪格威一家三口及詹姆斯用餐。我想，这定是一次愉快安静的聚会。你接到此信后，第一时间用剪刀铰开封口——我只怕你来得太晚，错失奖金。

我们多次提出申请，海军部委员会应该都收到了。听查尔斯说，他本人也为调动之事给斯潘塞伯爵去了信。我只怕，殿下会在盛怒之下砍掉咱们几个人的头。

母亲想知道爱德华有没有做鸡窝，这是他们之前计划好了的事。我收到玛莎的来信，开心地得知他们将继续留在伊布特罗普，我们将在受洗日碰面。

我本该写封更长的信给你，但是，不幸的是，我极少按照人们的想法去满足他们……愿上帝保佑你！

你亲爱的简·奥斯汀

1798年12月24日，周一晚

斯蒂文顿

周三——昨天的雪，下得寥寥，因此我还是去了迪恩，乘坐小马车，晚上九点回到家，天气不太冷。

（四）

亲爱的卡桑德拉：

刚刚读完《城堡的守夜人》第一卷，正好得空给你写信，我有些想法迫不及待地想与你分享。感谢你这么快回复了我的上两封信，尤其感谢你写了夏洛特·格雷厄姆与她表妹哈丽雅特·贝莉的趣闻，我与母亲看得捧腹大笑。这趣闻若是还有续集，还盼分享。

有两件事我先一吐为快，其他的就都是我个人的事情啦。在丘特先生承诺免费邮寄信件的鼓舞下，玛丽志气满满地要写信给你，结果却全然忘诸脑后——不过，她会很快动笔的。父亲希望爱德华在你的下封信中附上一份啤酒花价格表。桌子已经送来了，大家都很满意。我没想到这些桌子竟能让我们三个都满意，也没想到我们对如何摆放它们能如此有默契。进展之顺利，只有桌子那光滑的表面可与之比拟。两边的桌子拼在一起，就是放置一切杂物的常用桌，中间的一张置于镜子下，真是恰到好处。这么安排，看着空间宽敞得很，也不拘谨。桌子全铺上绿色的台布，实在可爱得紧。彭布罗克的餐具柜到了，母亲很满意，她可以把钱和文件锁在里面了。那里原有一张小桌，现在万分合适地安置到了卧室中。如今，我们只缺个小衣橱，但尚未制成，也就没有送来。就讲这么多吧，现在我要讲另一件事，性质截然不同。

厄尔·哈伍德又给他的家里惹不痛快了，成了邻居大讲特讲的话题人物。不过，这次真怨不着他，该他倒霉。大约十天前，他在马尔库的禁卫室准备放枪，却不小心击中了自己的大腿。岛上两名年轻的苏格兰医生礼貌地建议他切除伤腿，但哈伍德不同意。最终，人们用小快艇将他转送至戈斯波特的霍斯勒医院，取出了体内的子弹。希望他在那里一切安好。那里的医生给哈伍德家去了信，约翰·哈伍德马上就过去了，詹姆斯一并前往，以便将最新消息传达给哈伍德夫妇。老两口很担心，备受煎熬。两人周二动身，詹姆斯次日返回迪恩，带回了好消息，大大缓解了哈伍德家人们的焦虑。不过，哈伍德夫人大概还要提心吊胆好久。最让他们感到安慰的是，厄尔的事故实属意外，这点由厄尔本人证实，且子弹的特殊位置也为此提供了佐证：若是在决斗中受伤，伤口决计不会如此。

眼下，厄尔恢复良好，但医生还不能宣布他已脱离危险。约翰·哈伍德昨晚回来了，大概很快还要回到厄尔那里。

在戈斯波特，詹姆斯没有时间与查尔斯碰面，只是他所在的旅馆的礼堂恰巧在他到达的那晚举办了一场舞会，也就极有可能偶遇查尔斯这个舞会常客。不过，查尔斯并没参加那场舞会，毕竟它算不上体面的舞会，也没有漂亮女孩。

你要求我别穿那件长裙，恕我不能答应，毕竟我做它就是为了常穿。丢脸也是我丢脸，无关他人，因此我不感到愧疚。你应该试着爱上穿裙子，在戈德默沙姆做一条裙子吧。这很容易，甚至不需要做得太漂亮，这点你很快就会赞同。

昨天一天，我办了不少事。玛丽雨中开车带我去了贝辛斯托克，返程亦在雨中，且雨下得更大。到迪恩后不久，我们收到一个突如其来的邀请，邀请我们乘坐自家的四轮马车去阿什公园，与霍尔德先生、冈特利特先生及詹姆斯·迪格威面对面地共进晚餐。可惜三人中的后两人并未出席，因此"面对面"的程度大大减少。

晚餐非常安静，我想玛丽会觉得有些枯燥，但我认为还不错。在舒适的房间里，无所事事地烤火，是多么难得的生活！我们时而聊天，时而沉默，我讲了两三件趣事，霍尔德先生则讲了几个不太高雅的双关语笑话。

我收到了布勒先生的一封来信，内容情深意切；我原以为信中都是他对他妻子的狂热之词，实则不是。信中，他只是称呼妻子为安娜，并无任何不妥的称谓。因此，我十分尊敬他，希望他幸福。整封信中，他对我们整个家庭的爱，似乎超越了对妻子的爱，这样的情谊决计不会让人不快。他热切地邀请我们全家前往科利顿游玩，父亲正有此意，热切计划着明天夏天成行，这对前往道利什的计划大有帮助。

布勒希望我回信，告知他更多大家的情况。

近来，希思科特先生打猎时出现了个小插曲：他从马背上爬下来，打算牵着马跨过一道树篱还是一处棚子时，或许有些心急，马踩伤了他的腿（我想更可能是脚踝），小腿骨是否骨折还不确定。哈里斯不注重身体的保养，看上去可怜兮兮的，好像不太妙，那天他的手又开始流了不少血；利特尔黑尔斯医生近来与他在一起。在玛丽的邀请下，玛莎同意参加朴次茅斯阁下举办的舞会。朴次茅斯本人尚未发出舞会邀请，不过这并不重要；既然玛莎要参加，那么这场舞会必办无疑。我想，在她妈妈不在的情况下，我带她回来为时尚早。几天前，霍尔德先生告诉威廉·波特尔，爱德华反对修窄道路，因为他家的种植园都被挤到卢克里家那边去了。波特尔亲自察看后，承认确实如此，承诺解决此事。他希望不必动种植园的尾端，因为那里新近栽种了些长势喜人的植物。不过，若是不能通过拓宽另一侧的堤岸开辟一条合适的人行道，他也就放弃种植园尾端了。

好了，现在是周日上午，就写到这里吧。

你永远的简·奥斯汀

1800年11月8日，周六晚[①]

斯蒂文顿

---

① 根据信的内容推测，此信是从周六写到周日，一般英文信件的日期写在开头，译成中文后放在信末。故此处的"周六晚"与上文提到的"周日上午"无冲突。

周日晚。今早狂风大作，我们的树可遭了殃。我独自坐在餐厅，风暴的呼啸声把我吓了一跳——顷刻间，暴风雨席卷重来。我走到窗旁，恰好看见最后两棵珍贵的榆树在狂风中倒下！！！！！另一棵榆树想必早已在第一次风暴袭击时就倒下了，就是距离池塘最近的那棵，它向东倒在了栗子树和冷杉丛中，压倒了一棵云杉，撞坏了另一棵云杉的树顶，还削去了几棵栗子树的枝条。这还不算完。在被我称为"榆树道"的地方，左手边两棵大榆树中的一棵也被吹倒了，插着风向标的五朔节花柱断成了两半。最令我心痛的，还是那三棵长在霍尔草地上的榆树——它们曾经装扮过草地，如今却在这场飓风中"香消玉殒"——其中两棵被吹倒，还有一棵受了重创，无法站立。好在遭殃的只有这些树，其他无碍，也算是一种安慰。

希望如我所盼，你的生活安静且闲适。我们都看了范妮写给她姨妈的信，对信的内容大为赞赏。上周五，"恩底弥昂号"出航了。

希望爱德华·泰勒迎娶他的表妹夏洛特，至少那双美丽的黑色眼睛可以遗传给下一代。

霍尔德先生写信说，去年8月的某个时候，"彼得雷尔号"的奥斯汀船长曾努力争取一条来自法国的土耳其船只（因天气，该船被迫停靠在塞浦路斯①的一个港口）。然而，最终他还是不得不烧掉这条船。我敢说，《太阳报》一定会报道这件事。

（张容 译）

---

① 亚洲西南、地中海东部的岛国。

我太喜欢你们的房间了

/ 王尔德

早在牛津大学莫德林学院读书时,王尔德便与同校同学威廉·沃德交好,他曾将一枚金戒指送给沃德,上面刻有希腊文:"爱的礼物,献给希望得到爱的人。"他写给沃德的信,多是写自己日常的校内生活。

(该信为四页双面纸,信的首页已遗失。)

致威廉·沃德:

……

他[①]逐渐颓靡:近日他寄宿在外,院长以此为由,拒绝授予他学位证书,致使其事业惨遭滑铁卢!"何值

---

① 应为后文中的"马克"。

一提！何足挂齿！"马克作此回应。

其中有几名新生，包括戈尔——汤姆·佩顿的好友之一、格雷——伊顿公学之骄子。我们所有人突然领略到沃顿的魅力。我的确对沃顿欣赏有加，最近向阿波罗分会举荐了他。我还举荐了格布哈特（因他那"犹太醉汉式作风"，我和他争执过多次）、两名新生——文顿和钱斯，二人皆是率性之辈。

这段时间，我极其热衷于共济会，可谓狂热分子。说实话，如果我退出新教异端，被迫放弃共济会，我将深感遗憾①。

如今我与神父帕金森共用早餐，去圣阿洛伊修斯做礼拜，与邓洛普探讨感性的宗教。总之，我将自投罗网，坠入异教的温柔乡——我可能会在假期去罗马逛逛。

我一直想去一趟纽曼，在新教堂内领受圣餐，让我的灵魂感受宁静与安详。不用说，我总随着念头瞬息万

---

① 王尔德出生于新教家庭，"异端"是天主教用来指责偏离正统信仰的团体，特别是在宗教改革后，用来指新教徒。王尔德对自己的宗教一直心存疑虑。他在牛津读书时，有意改信奉天主教，但在19世纪的英国，天主教徒曾一度被禁止加入共济会。所以，如果他想放弃新教身份，转入天主教，就和他想加入共济会的意愿存在潜在冲突。

变，我的意志愈加薄弱，我自欺欺人，更甚以往。

若教堂能唤醒我的几分诚挚与纯真，我将欣然前往，视之为享受，此外我别无他求。但这种事，我不能奢望，因为去罗马意味着牺牲，意味着舍弃我那主宰"金钱与雄心"的两位神明。

尽管如此，当我因痛苦、卑微、困扰而陷入绝望时，我仍会向教堂寻求庇护。它独具魅力，我心驰神往。

我希望你现在已经从埃及那蒙蔽双眼的黑暗中清醒过来，置身于圣城之中。接受它的触碰，感受教堂那令人敬畏的魅力，领受它极致的美和情感，肆意释放你的天性。

我们的运动会已拉开序幕，现在正进行四旬节艇赛，明日要去狩猎鸽子[1]。为了逃避这些，我要带小猫[2]进城去看"资深大师展"[3]，他已经迫不及待要出发了。可爱的小皮斯已经恢复，虽然看上去还是憔悴，但和往常一样活泼开朗。他十分期待在复活节和我一起去

---

[1] 此活动在牛津大学各学院园区内举行，并无固定时间，每当鸽子泛滥成灾时便会举行一次。
[2] 疑为后文中"皮斯"的昵称。
[3] 指英国皇家美术学院举办的例行展览。

罗马，但我不知自己能否付得起旅费，因为我已被选入圣斯蒂芬会，会费需四十二英镑。我本来打算一年左右之后入选，但受到戴维·普伦基特举荐，二周之内我便成了会员，真让我有苦难言。

我愿倾尽所有，换得与你、丹斯基同游罗马的机会。我知道，此中其乐无穷，但我不知自己能否安排妥当。我若遇到丹斯基发难，你就是那张挡箭牌。

下周一我要参加"爱尔兰"测验①。天哪！我白白荒废了多少时间！回顾过去的几周、几个月，我挥霍无度，做无用之功，说闲言碎语。我痛心疾首、心灰意冷。我轻而易举便误入歧途，实在是不可理喻。我松懈懒散，无法通过测验，只能落得个凄惨的结局。倘若读书刻苦，我相信自己能名列前茅，但我未勤学苦读。

我太喜欢你们的房间了。室内摆满了瓷器与画作，有一本作品集，还有一架钢琴；斑驳的地板上铺着一张灰色地毯。整体陈设有目共赏，还留有些许供周日晚上打趣的地方。房间宜居，舒适度远超我预想——阳光、

---

① 指一年一度的"爱尔兰奖学金"测验，测验内容为"古典学习与鉴赏"，王尔德未通过该次测验。

啼鸦、摇曳的树枝和窗前的微风，让人乐不思蜀。

我无非写了些十四行诗，又作了几行草诗罢了——其中几首我寄给了你——虽说无论往罗马寄什么东西都颇为失礼，但每当我欲乘诗神的飞马而驰，总能勾起你的兴致。

我最要好的伙伴，除了小猫——毋庸置疑，便是古西，虽然他学历不佳，但气度不凡。不管怎么说，他是我的"精神伴侣"，我们曾信步而行，促膝长谈。汤姆的其他伙计也都出类拔萃，只是涉世不深。他们天南海北地胡扯，满口污言秽语。我对知心小猫的爱依然如故，但他性格魅力不足，只是个温柔可亲的大男孩，无法让我感到茅塞顿开或醍醐灌顶。我与他从未摩擦出思想的火花，不像我与你共处时，你引我深思，让我有开口的欲望，尤其是我们在林间策马驰骋的那几次。我现在常常骑马，上次骑了一匹烈马，它熟练地拱背、猛跳，我头朝地面地被它甩下马背。好在我最后安然脱身，毫发无伤地回了家。

院长偶尔会来与我谈宗教，但大多数时候我都是一个人骑马，还穿着一种新式裤子——何其丑陋！我这封信写得实在无聊：语序颠三倒四、内容荒唐可笑，但给你写信是多么快乐的事，想到什么我就信手写在纸上了。

你的信让人着迷，那封来自西西里的信散发着蓝天、橘子树和橄榄园的香气，犹如在雾锁烟迷中读忒奥克里托斯①之诗。再会。亲爱的朋友，情谊永存。

挚友奥斯卡·王尔德

1877年3月3日，周末

牛津

此页尚有空白：

我不会在信中与你大谈宗教，上文提及只为让你感受罗马的魅力，于我而言，这是种莫大的欣慰，让我心安。

怀着对形式逻辑②的担忧去罗马，如罹患"新教徒焦虑"一样糟糕。

但我深知你对美直觉敏锐，去教堂体验一番吧，不要只着眼于人造的部分，也试着感受那一分神的旨意。

（杜星苹 译）

---

① 古希腊诗人，以其牧歌体诗作闻名后世。
② 研究思维形式的结构及其规律的科学。

我们坐享春光,谈笑风生

/ 伍尔夫

> 昆廷·贝尔是英国著名的雕刻家、画家、作家,也是伍尔夫的外甥。他与姨妈的关系不错,十几岁的时候,他拜托伍尔夫给自己创办的校刊供稿,伍尔夫欣然同意。长久以来,昆廷·贝尔以冷静的视角观察身为作家的姨妈伍尔夫以及围绕在伍尔夫周围的文人们,并于1974年撰写了伍尔夫传记。

亲爱的昆廷:

我患了流感,卧病在床,无法打字,也就没有给你写信。因此,一封(本该是)全世界最棒的信尚未动笔。我思绪迭起,正如在日落时分成群南飞的火烈鸟。眼下,它们已不见踪影,徒留地上几只懒懒散散的灰鹅，翅膀拖泥带水地耷拉着，叫声苍老而刺耳——打字机的声音正是这般，每句话都发出断骨般的声响，像歪嘴的鸟的啼叫。尽管如此，我迫切渴望你的来信，因此我必将此信写成。

我正坐在火堆旁，处子成群，环绕在侧——猜猜我说的是什么？我身边放着些打印稿；六英尺厚的若干小说——伯恩茅斯形容枯槁的男人正等我"宣判"、好"有米下锅"，我若是不尽快读完，怕是会死于他们刀下；还有含情脉脉的打字员——这些人之所以写作，是因为他们晚上无处可去，无乐可寻。这一点，我难以理解。他们写作，是为了报复鱼摊上欺负他们的男人，或是花店里一身红衣的女人。

最近，我这有什么新闻呢？海伦来过了，罗杰来过了，妮莎来过了，维塔也来过了；在我生病前，你的那位沃森小姐也来过了。她是个不错的姑娘——是的，我喜欢她。她很好地避开了罗杰的攻击。罗杰火力全开、一阵扫射，向她抛出可怖的谴责与质问。朱利安的朋友恩普森先生也来过了——其人活像只黑红相间的秃鼻乌鸦，气势汹汹，让人大开眼界，完全不像你这般虚弱、世故、潦倒和满身毛病。你知道我所言何意。

今晚，新报创办人在罗杰家举办大会，我却无法参加！我们已到这个年纪，却还能意气风发，相信理性的统治与艺术的威力，相信我们的敌人终会倒下！雷蒙德说报纸必须辞藻华丽，罗杰则说辞藻华丽意味着粗制滥造，意味着散发出上流社会的拜金味。你可以想象，一群老友唇枪舌剑，互不相让，场面何等激烈！

我本打算去希尔斯欣赏你的画，不料病倒了。不过，如果画展持续到下周，我一定去瞧瞧。妮莎的画作大获成功，贵族们竞相购入。我为画展作的序激怒了罗里·马奥尼，毕竟他名叫"罗里"——"罗里"啰唆，脾气暴躁。罗里说我有伤风化，必须压制这"不正之风"。别放在心上，西克特依然请我为他的画展作序。我还受邀在皇家美术学院讲授艺术！我也就只能讲讲佐法尼的事，从社会层面谈一谈。不过，这毕竟是在皇家美术学院开讲，我已开始思考，在你们这帮沉默寡言、不苟言笑的家伙中，作家究竟起到什么作用？我还是不去了。不去，不可去。

我只能写些胡话——你简直想象不到,我的下一本书有多糟糕。我猜,若是人们问,这位伍尔夫是你的姨妈吗?想必你会不住地拍打脑门,巧妙地搪塞过去。

我有一个大胆的计划,打算下周去卡西斯疗养,若能成行,我们可在里昂①火车站见面。康复后我会在伦敦大饭店待两三天,届时,我们坐享春光,谈笑风生——哦,那该多有趣啊!多有趣!为什么人们不能一想做什么就马上付诸行动呢?

现在,我要开始问些问题了。你早餐吃了什么?昨晚在哪里用的餐?在恋爱吗?快乐吗?会时不时写诗吗?是否剪短了头发?是否遇见了美丽的人,令你的双眼如波浪般为之起舞,不,如繁星闪烁?莎士比亚笔下的女子——上帝啊,我真是什么都不记得了——是何时出生的?

好了,就写到这里吧。现在是下午五点,正是黄昏时分。若我会作画,我会举着颜料盘走到窗边,为宾馆上空的云朵,画一幅精美的画。我想把白云揉作一团,

---

① 法国中东部城市,位于索恩河与罗讷河汇合处。

将炽烈的白色与灰调的蓝色塞入其间,随之滚动。

最亲爱的昆廷,请为我写一封优美的长信吧。

你可怜、可爱又疯疯癫癫的老姨妈 伍

1930年2月17日

(张容 译)

给三十来只鸡喂食

/ 乔治·奥威尔

论有一个靠谱的朋友有多重要，论有一颗热爱生活的心有多美好：1936年，奥威尔打算开个小卖部，便给曾经经营过店铺的杰克·康芒写信，请教开店事宜；1938年，奥威尔因患肺病，要去温暖的地方过冬，出发前他委托朋友杰克·康芒入住他的小屋，照顾他的家畜。

（一）

亲爱的杰克：

感谢来信！我与房东见过面了，租金已谈妥，所以我决定把这家店开起来，开店的消息算是在村民间传开了。如果你能帮我联系到批发商，我将不胜感激。也不知你是否还在经营店铺。我觉得，在沃特福德镇、金福德镇、金斯顿镇或者类似这种地名的镇上都能找到几家批发商。我每次需要进的货量很少（村子不大，且我的仓储空间不多），不知他们是否方便送货。我打算，刚开始只囤些孩子们吃的糖果，不放其他任何容易变质的东西。稍晚一些，我可能会进黄油和植物奶油，这意味着，我得先有个冷藏箱。我不打算进烟草，因为这边的酒馆售卖香烟（村民约七十五人，酒馆却有两家！），我不愿树敌，尤其是其中一家酒馆就在我店铺隔壁。我正着手列清单，不知道能否在一家批发商处把货品进全。我推测，开业之初，我需要进二十英镑左右的货物。这些人能否接受赊账？我打算先付五英镑左右的货款，之后按季度付账。我想我的银行会为我担保。说来可惜，我刚换了一家银行，之前的汉普斯特德支行很信任我，在我还没主动咨询过这件事的情况下，他们便通知我可以透支。除了货品，我还想进一两件店里用的工具，比如秤、铃铛等。这间铺子本来配有类似的工具，但都在房东手里，而他是那种得花一年时间才能把东西交出来的人。我要先把店里打扫干净，再重新刷刷漆。如果和批发商接洽顺利，我应该能在三周左右筹备好开业事宜。

没错，打破阶级隔阂这种事纯属胡扯。棘手之处在于：资产阶级——大多让我浑身起鸡皮疙瘩——不切实际。他们既不承认，又不接纳工人阶级，因为工人阶级有很多他们不喜欢的习惯。举个例子，中产阶级一向不习惯用刀吃饭，他们不仅自己不用，看到工人这么做，还会感到错愕。而且，他们中很多人是娘娘腔，浑身散发着素食者的气息，把"美好"与"光明"的词汇挂在嘴边；他们胡乱猜测，认为工人阶级全是流氓，实际上工人阶级中很多人都把耳后洗得干干净净，读爱德华·卡彭特的书；他们还有些人是同性恋，用英国广播公司播音员的腔调说话。工人阶级一直忍气吞声。我曾在北方住过两个月，整日逮着工人问东问西：能拿多少失业救济金、靠什么东西填饱肚子等；我从没遇到被谁一拳打中下巴的情况，只遇到一个人对我说了句"滚"，那是名失聪女子，她误以为我是来收钱的。这个问题困扰我很久，我将在下本书中谈及此事。

等我有了自行车或其他代步工具，我就去看你。如果你来我这儿，提前通知我，我一定备好佳肴。你也可以临时起意，不论如何，肯定会有些吃食。院子里还是一片狼藉（我花了两天时间挖出去十二箱垃圾），但我会把它收拾干净。我的工作已荒废了将近三个月，一想到这，我就心急如焚。我们把过多精力浪费在赚钱与花钱上了。不管怎么说，我还有一大沓手稿，让我误认为我没有虚度光阴。

友人埃里克·A.布莱尔[①]

1936年4月16日？，周四

鲍尔多克附近沃灵顿村商铺

（二）

亲爱的杰克：

你知道，我不得不去国外过冬，大约在8月底动身，离家半年左右。那么，你是否愿意入住我们的小屋？无需租金，只需代为照顾屋里的动物。我会把所有情况悉

[①] 乔治·奥威尔的本名，可简写为"埃里克·布莱尔"或"埃里克"。

数告知，个中利弊，你自行权衡。

第一，医生说我必须在更靠南的地方生活。那意味着我们得放弃这座小屋，最迟不过是拖到下次回来时。我不愿抛下这些家畜，到目前为止，我们已经养了三十来只鸡，明年这些鸡能繁殖到一百只左右。也就是说，如果要把鸡卖掉的话，也要卖掉鸡舍，代价沉重，换来的钱却寥寥无几。所以，我们想找人住进小屋，或者雇人照顾这些动物，再加上家具储存的费用，基本上和房子的租金不相上下了。

第二，我们房子的情况，你也知道，实在是很糟糕，但还能凑合住。其中一间屋里有张双人床，另一间屋里有张单人床，床单、被褥等物品充足。我觉得住两个大人加一个孩子不成问题。如果冬天突然下雨，其他房间都没问题，只有厨房可能会进水。或许你还记得客厅的壁炉漏烟，我们出发前会再去检查下烟囱——应该用不着大修大补。水能正常供应，但肯定没有热水。有一台液化气炉，价格不菲（我是说液化气贵），还有个闲置的小煤油炉也能用。至于食物，地里种的蔬菜不多，单凭艾琳一人很难打理一整个园子，但至少那些土豆够你过冬。还有羊奶，母羊刚生了崽，现在每天能产奶一升多。很多人对羊奶有偏见，事实上，羊奶和牛奶的营养价值相差无几，甚至据说羊奶对小朋友更有益。

第三，关于照料动物，即喂养事宜，包括给三十来只鸡喂食，给母羊挤奶、喂饲料等事项，我会留下详细说明，并安排粮商来送饲料，他会直接把账单寄给我。你还可以把鸡蛋卖掉（小贩每周来吆喝两次，有多少他收多少），卖鸡蛋的钱先替我们存着。一开始，鸡蛋不会太多，因为大多数母鸡是今年孵化的小鸡，不过，待到明年早春，它们每周应该能下一百多颗蛋。

无论你是否愿意接受委托，都请写信告诉我。对我们而言，这个方案最稳妥；对你而言，我觉得至少你能有个安静工作的场所。

愿玛丽和皮特一切安好。

友人埃里克·布莱尔

1938年7月5日

肯特郡艾尔斯福德镇普雷斯顿庄园的新疗养所

(三)

亲爱的杰克:

感谢来信。我原本有几件重要的事想嘱咐你,但受欧洲局势所迫,这些事我都忘了说。

第一,我想我们忘了提醒你注意:在卫生间里,千万别用厚厕纸。这种纸有时会堵塞下水道,后果不堪设想。最好用杰伊斯牌厕纸,一包纸六便士。差价微乎其微,更何况下水道堵塞是件痛苦的事。

第二,如果你受不了客厅的壁炉冒烟,我觉得你可以找一块锡片放进烟囱,烟囱里正缺这个东西,很小一块即可。希钦的布鲁克斯会告诉你怎么做。或者,你自己也能处理。我一直想解决这件事,可拖到了现在。

第三,我随信附上一张三英镑的支票。可否请你抽空将其兑换成现金,并给桑顿的邮政局长菲尔德支付两英镑,作为土地租金。其实,这份钱已拖欠许久,但菲尔德把这事忘得一干二净。菲尔德开着一辆灰色小汽车,车上常拉着牲口,他每周二都要去希钦市场,如果有人跳到路中间挥手,他就会停下车。至于余下的一英镑，能不能请你到冬天时把菜园里的土翻一翻？如果可以，最好把整个园子都翻一遍。老哈切特实在是年纪大了，我不太愿意请他来干这种活，虽说他总是乐此不疲，而且报酬再低他也愿意。这事不急，只要在冬天抽时间翻翻空地就可以，最好再往地里埋些肥料（如果羊粪里没混入多少稻草，那便是上好的肥料）。

按照官方说法，明年春天小屋就不属于我们了，本着地无遗利的原则，我觉得应该让这块地物尽其用，来一场卷心菜大丰收，之后，它爱归谁就归谁吧。我不愿眼看着土地荒芜，再者，我并不太确定要不要放弃这座小屋。

我相信你这下看透了，我们真不想沦落到搬家的地步。说实话，它终归是座房子，而搬家这件事，不仅麻烦，还贵得要命。我想我更倾向于保住小屋，待明年4月份搬回去，尽管到时候我们不一定能回去，因为我不知道自己明年手头是否宽裕。我觉得，我那本写西班牙的书根本卖不出去，如果我不得不为了五十英镑左右的稿酬重回英格兰着手写新书，那么，我在这世上先要有一个栖身之处。就算这座小屋漏水，它也是个能栖身的房子，其意义不容小觑。艾琳与我成婚之初，我正在写《通往威根码头之路》，我们没多少积蓄，有时甚至不知下顿饭要靠什么果腹，但最终我们还是凭非凡的意志，靠土豆之类的东西熬过了那段时日。

我希望母鸡已经开始下蛋了。再怎么说，我觉得有些母鸡也到了该下蛋的时候了。我们刚买了一批新的母鸡，准备这周六一起带到新家去。在这个国家，母鸡只有矮脚鸡的个头那么大，和印度母鸡一样小得可怜，就算是产蛋量高的母鸡，也只是每两周下一次蛋，一只鸡的价格接近一先令。本来这种鸡只值六便士，但每年这个时节，鸡都要涨价，因为城中有一万三千名犹太教徒，赎罪日过后，每名犹太教徒都要吃掉一整只鸡，作为斋戒十二个小时的补偿。

是的，月有阴晴圆缺，我推测危机会持续到1941年。之后，张伯伦①的支持率会有所下跌，这没什么好惊讶的。我从家中来信可判断出，广大人民和你感受相同，眼看就要从跳板上往水里跳，转念一想，还是不跳

---

① 英国政治家，曾任英国首相。

为妙。关键在于选举的过程，除非保守党内部分裂，否则，我预测他们将在选举中获胜。因为他们的对手愚不可及，提不出一个像样的议案，只会高喊"我们要开战"，可当我们让捷克斯洛伐克①打了败仗，或者让任何一个友国输了，无论人民多么自责，他们都只会摊出底牌，以不主战为由推脱。若想当选，工党只能盼着天降横祸，或者说，大选延迟一年，且此期间，又将有一百万工人丢了饭碗。

我认为我国正逐渐法西斯化，张伯伦及其同僚企图将英国引上陶尔斐斯②、舒施尼格③那条法西斯道路，但我宁可如此，也不愿左派政党在公众心中留下好战的印象。唯一的希望是张伯伦获胜后，厉兵秣马，对战德国。他一定会这么做，工党被迫采取反战政策，可充分

---

① 欧洲中部旧国名。1993年解体，分为捷克和斯洛伐克两国。
② 奥地利政治家，曾任奥地利总理，后因反对德奥合并，被奥地利纳粹分子刺死。
③ 接替陶尔斐斯成为奥地利总理，德国占领奥地利后，遭纳粹党囚禁，1945年获释。

利用民众对征兵等举动的不满情绪。一边高呼主战，一边假模假式地谴责征兵、军备扩充等举动，简直是信口开河，普通百姓还没傻到连这都看不透。至于说后果，一旦战争爆发，就算必然会掀起某种革命，但除了走上法西斯道路，我认为没有第二种可能性，除非左派政党自始至终咬住反战不放。有些人认为可以先使国家陷入战乱，口口声声为了民主，等人民露出一丝厌倦情绪，便即刻调转风向，声称"现在我们去闹革命"。此等愚蠢之徒，我视之如敝屣。

左翼人士令我作呕，尤其是那群知识分子，他们全然不顾真实的局势。这一点，我在缅甸时便深有体会，那时我常读反帝国主义的书。金斯利·马丁（所谓的评论家）在上周的《新政治家与民族》上发表的文章你吞了吗？他列举了工党应支持政府参战的几种情况。虽说政府应允许一切情况发生，但这个蠢货好像把战争当成了板球比赛。今年早些时分，我写了一本反战手册，多希望有人能把它印出来，但不必说，没人愿意这么做。

祝你万事顺遂。代我向玛丽与皮特致意。艾琳亦送上问候。

友人埃里克

1938年10月12日

法属摩洛哥马拉喀什①市麦地那②老城

埃德蒙杜特路韦尔特夫人府

（杜星苹 译）

---

① 亦称"摩洛哥城"，摩洛哥西南部古都。
② 伊斯兰教圣地之一，位于沙特阿拉伯中西部平原上。

躺在葡萄园的围墙上

/ 卡夫卡

> 这是卡夫卡写给好友奥斯卡·帕拉克的信,他们的友谊始于高中时期。奥斯卡·帕拉克大学时主修艺术史,与卡夫卡同时毕业,他对卡夫卡大学期间的思想产生了深刻影响。

奥斯卡·帕拉克:

你可能已经发觉,我在这里度过了奇妙的时光。我怎么度过的呢?我常常躺在葡萄园的围墙上,一躺就是好几个小时。我盯着乌云看,它们像生了根一样,长在我的头顶,不想离开这里飘向远方。有时候,我会看见彩虹;有时候,我在花园里坐着,给孩子们讲童话故事(这群小孩里,有个六岁的金发小姑娘,女人们都说她特别招人喜欢)。要么就用沙子堆出城堡,或者玩捉迷藏的游戏。再不然就是在桌子上刻字,我向上帝发誓,那些桌子一直都是乱七八糟的。这些时刻,远方就变得更遥远了。真是奇妙的时光,不是吗?

有时候,我会从田野中走过,庄稼已经收割过了,只剩下棕色的土地忧伤地裸露着,犁头被扔在田野里,兀自闪着银光。迟到的太阳懒懒地钻出来,阳光在犁沟上投下我长长的影子(没错,是我长长的影子,长得我可以沿着它直达天国)。你注意过夏末的阴影是如何在翻透了的深色泥土上舞动吗?它们跳得多妖娆啊!你注意过泥土是如何被觅食的母牛翻卷吗?它们毫不猜疑、无比驯服地被翻来覆去!你注意过沉重的肥沃的泥土是如何在灵巧的指间被碾得粉碎吗?甚至有一种庄严感!

卡夫卡

1902年秋

(刘彦妤 译)

蛤蜊、舌鳎鱼配白米饭

/ 海明威

> 海明威一向以"硬汉"的形象示人,但在这封写给女儿的信中,他温情脉脉,既能看出他对女儿的爱,也能看出他对生活、对自然的爱。

爱女基特纳:

这段时间,我工作勤勉,对你的思念有增无减。今天,我没有收到任何邮件。前天,我给你写了封信。今天,我又将一封你家中来信转送至佛罗伦萨的高档酒店。此时,夕阳伴我给你写信。自你离开那天起,这里一直秋高气爽。我和埃米利奥去狩猎,打下来二十五只野雀,有四只野鸭从我们头顶低飞过去,原本我们可以打下其中两只,但当时我们正忙着吃午饭,因此错失良机。

除了赖斯，其余人的信我均已回复。接下来还有篇文章要写。也许我先写文章，再给赖斯回信，还得去一趟威尼斯，办理委托书的公证。给查利·里茨的信也写完了。

明天（周日）上午或周一，我们还要痛快地去打一场野鸭。埃米利奥今晚会告诉我确切的时间。希望周一再去，反复举枪、放枪、向高处射击，我的肩膀至今还在痛。我想，痛可能是因为高负重射击。现在，我已熟练使用叠排枪，但还没开始学双连发。

相信码头罢工事件让杂志等媒体无暇分身。他们说，积压在纽约码头的邮件已超过五万件。你平时也看报纸，这些新闻我无须重述。

你上次拍的照片（那座塔，还有其他）洗出来了，拍得好极了！我昨晚刚拿到手。

奇尔狄斯没有再来信。

希望你收到的是好消息。

我在尝试晚睡，读书到午夜，甚至到凌晨一点。

我这儿没有新鲜事。穆基的脚已经好了。今天，我在室外晒太阳、吃午饭。整顿饭的时间,这条小狗都把头趴在我的膝盖上;蛤蜊、舌鳎鱼配白米饭,简简单单的一餐。另一只小狗博比——克立兹的兄弟,能起身坐立讨食物,还会摆出"你好"和"很高兴见到你"的姿势。

现在,这里没人住了。今天有三对夫妇来吃午饭,其中一名女子明眸皓齿,或许是个电影明星,另两个精心打扮(涂脂抹粉、腰板笔直)的女子可能也是。有个男子长得像布鲁斯代尔,有对夫妇来自比利时——我现在只要远远地闻一闻味道,就能分辨出来自比利时的游民。

向你的所有朋友问好。向我的小猫转达爱意。好好表现,玩得开心点。夜幕已降临,猎枪声四起。我一直在琢磨比利时人(战后的比利时游民)的气味像什么,应该是多种味道的混合体:叛变国土的气息,挤作一团的脚趾,未经清洗的肚脐,旧自行车的座椅(浸满汗渍),铺路的石子,叮当响的钱袋子,还掺了一丝韭菜汤和欧洲熟萝卜的味道。

我最爱的基特纳,爱你,我十分、特别、极其、无比、相当、非常地想你。

爸爸

1948年11月20日

托尔切洛岛[①]

（杜星苇 译）

---

① 位于意大利威尼斯环礁湖。

钱没有多少，但天气好极了

我只懒到5月末

/ 契诃夫

> 这是契诃夫写给《花絮》杂志的出版者列伊金的信,列伊金常常责怪契诃夫回信速度不够快。契诃夫在信中大段讲述了在郊外游玩和钓鱼的情况。不过这一年,他还是创作了大量的短篇小说,包括脍炙人口的名篇《凡卡》。

尼·亚·列伊金:

最善良的尼古拉·亚历山德罗维奇,您的来信,我已收悉。为了不让您责怪我懒惰,我急忙开始写这封回信。首先,我已给您寄出两封信,一封是我写的,另一封是尼古拉[①]写的,他还在等您订购画作的消息。这两

---

① 契诃夫的二哥,画家。

封信都寄到伊万诺夫村①去了。

（2）②请转告季莫费③，说我很羡慕他。今年我钓鱼的收获一般，钓上来的尽是些小不点儿，但凡长得稍微大些的都顽固地不肯同我见面。倒是钓了一些狗鱼，但是狗鱼跟瘦弱的狗体形差不了多少，没什么意思。我给你们家那位长得很像旧派大主教的钓鱼高手提个建议，建议他拿小活鱼当鱼饵：选取一根粗鱼线、一个好铅锤，再加上一只系在弦线（低音琴弦线）上的结实鱼钩。这么大的鱼钩就够使了，或者可以比这稍微大点儿的。用小活鱼（鮈鱼、雅罗鱼）做诱饵，把鱼穿在钩子上，趁夜甩钩。我还建议他把鱼篓放进池塘里，鱼篓里放些装着荞麦粥和奶渣的薄纱袋子。此外，我暂时没有别的建议给他了。

令人懊恼的是：江鳕鱼不太上钩。到现在为止，我只钓到三四条，超不过这个数。

（3）天哪，我真是太懒了！这都是天气的错：春光

---

① 列伊金的庄园曾建于此地。
② 原文无（1）。
③ 列伊金家的马车夫。

太好，让人压根儿没法安心待在同一个地方。到现在我也没见到我那本书的广告刊登出来，《彼得堡报》上没有，《新时报》上也没有。我已给苏沃林①去了封信。想必是因为我太懒了，他在生我的气呢。

（4）维克托·维克托岁维奇②之所以瘦了，是因为他思念我，又讨不到女人们的欢心。他还是开枪自杀比较好。请代我向他致意吧。

我听到邮驿马车的铃声……有人坐车来了……我赶紧跑去看一眼……来了个客人，而我继续给您写信。

（5）我想知道：季莫费和他的朋友们是如何修好了桅杆上的滑轮？他们是爬到桅杆顶上去了吗？

（6）明天我要给《彼得堡报》写点东西，后天就给《花絮》③写。

书④的装帧很好。我不明白为何您那么不喜欢。总体上，书的外观超出了我的预期，为此我要好好感谢负责

---

① 《新时报》的出版者和发行者。
② 俄国小说家、剧作家、记者。
③ 《花絮》曾被称为"俄国最自由的幽默杂志"。契诃夫时常给这本杂志投稿。
④ 指短篇小说集《五颜六色的故事》。

这件事的人，不过它的内文就不太妙了……应该删掉一些短篇小说，再对另外一些小说稍加润色。书的定价稍高了些。

我手头没有钱，但又懒得去挣。请您给我寄些糊口费吧。我一定信守承诺：我只懒到5月末，从6月1日起我就坐下来写作。

我们这儿的天气好极了。白天晴朗而静谧，夜晚更是妙不可言！农夫们抱怨天上不下雨，于是他们捧着圣像画在田边求雨。显然，天气好得很难让人相信接下来会有一段漫长又无聊的阴雨天……

我这里有很多病人。有些是患佝偻病的小孩，有些是长斑疹的老太太。有个七十五岁的老太太，手上生了丹毒，恐怕我得和丹毒炎症打交道了。得了这病会长好多脓肿，可给老太婆开刀也太可怕了……

是啊，没信可读的日子真是枯燥。住在乡间别墅，收到信件是很有意思的事情。请转告伊·格雷克，说他早就该给我写点什么了。要知道我的处境就像尤沙[①]一样，简

[①] 叶夫根尼·费奥多洛维奇·柯尼的笔名，俄国小说家、诗人。

直是处在流放之中啊，又像卓克[①]那样，靠写作活着呢。

5月很美好，但到了8月就无聊了！我已经感受到秋天的气息，它的到来是不可避免的了。

至于去瓦拉姆群岛游玩的事宜，就留给命运去决定吧：如果接下来的日子，我发表的作品多，那我就去；如果我又犯懒，就无法成行了。不管怎样，我出发的日子不会早于7月。如果确定要动身，我将和妹妹同行。您"行动起来了"[②]，这定是下一本书的素材。我很喜欢《斯图金与赫鲁斯达尔尼科夫》这本书，喜欢到让周围人都去读。这本书太好了，好就好在它讲的不是某一个银行的故事，而是概括性地讲了整个俄国的银行制度。这是您所有作品里最为出色的一部。不过，这本书独具特色，不能拿它与其他的书做比较。

您5月9日那天是怎么过的？

向普拉斯科维亚·尼基福罗夫娜和费佳问好。按照正派人的规矩，接下来我该停笔了，让您好好休息，不

[①] 叶夫斯塔菲·萨维尔耶维奇·费奥多罗夫-契梅霍夫的笔名，俄国记者，曾为《花絮》等幽默杂志供稿。
[②] 指列伊金在《彼得堡报》上发表文章一事。

使您感到厌烦。

> 永远尊敬您的安·契诃夫
>
> 1886年5月27日
>
> 巴布金诺

（崔舒琪 译）

钱没有多少，但天气好极了

/ 契诃夫

> 1878年，契诃夫正忙于创作小说《农夫》，多年好友兼自己的书籍出版商苏沃林来信询问小说进展。契诃夫除了回复小说进展，还谈了一些个人生活近况，俨然一副岁月静好的样子。

阿·谢·苏沃林：

你若发电报给我，就要把我的地址写短一些，只需要写：洛帕斯尼亚，契诃夫收。

关于《农夫》一书出版的事宜，我表示赞成，但毕竟这本书连十个印张也没有，对于审查机关的意见，我还要再考虑一下①。要不要再加上几篇描写农民生活

---

① 书报审查机关从契诃夫的中篇小说《农夫》中删去了一些内容，正式出版时，删去的内容基本得到了恢复。

的小说呢？我倒是能找到一些，比如《凶杀案》这个短篇，里面描写了分裂派信徒的事情，或者找些类似的小说。

我去彼得堡的时间不会早于5月末或者6月，因为我这边的生活还没有安排妥当，还有一些紧急事务需要我在场处理。我之前给您发过电报，说我要娶一个富有的寡妇为妻。唉，这只不过是一个甜美的梦罢了！现在连一个想要嫁给我的傻女人都没有，因为我住过医院，这大大地损害了我的名声。

您决定去哪儿？去哪里过夏天？您会去费奥多西亚吗？我完全不知道要拿自己怎么办了，也不知道什么东西对我的健康有好处，是宪法呢，还是鲟鱼肉配辣根呢①？我打算8月份之前一直住在家里，不过这样做有一个条件，那就是天气状况要过得去，得是干燥的天气。然后我会去俄国南部，入冬前出国居住或者去索契（在

---

① 俄国作家兼记者米哈伊尔·叶夫格拉福维奇·萨尔特科夫-谢德林写文章嘲讽一些胆怯的自由主义知识分子，说这些人关于宪法的梦想很容易被鲟鱼肉配辣根的向往取代。契诃夫是在引用这个说法开玩笑。

高加索①)。人们都说,索契的冬天温暖宜人,气温不会出现大的波动。

我感觉自己的身体状况不错,体重没有减轻,对未来充满期待;钱没有多少,但天气好极了。

阿波克里夫②是个什么样的人?

您给我写点什么吧,或者发电报给我也行,不然的话我真是太寂寞了,甚至无聊到了耳鸣的程度。向安娜·伊万诺夫娜③、娜斯佳和鲍利亚致以诚挚的敬意。愿上苍保佑你们。

前几日我见到了小说家柯罗连科④,他的神经系统严重紊乱了。谢格洛夫到我这里来了一趟,讲了自己的妻子、几部歌舞轻喜剧和他的拳拳爱国之心。他在《俄国通报》上发表了一部剧作,描写的是俄国文学家们的日常生活,文中充斥着思想上的仇恨情绪,而且虚伪,给人一种误解,以为这个剧本的作者不是幽默作家谢格

---

① 亚欧大陆黑海、亚速海与里海之间的广阔地区。
② 青年文学评论家。
③ 阿·谢·苏沃林的妻子。
④ 俄国作家。

洛夫，而是一只被文学家踩住了尾巴的猫。

我收到许多信件，内容都是问候我的身体状况，以及关心《农夫》一书。

您的安·契诃夫
1897年5月2日
梅利霍沃

又及：您5月份会不会在莫斯科？

（崔舒琪 译）

明天会更快乐

/ 纪德

> 1894年,纪德在瑞士治疗神经痛,朋友皮埃尔·路易在前去德国的路上顺道拜访他。皮埃尔·路易是纪德就读于阿尔萨斯学校时认识的伙伴,两人曾一起创办过中学生杂志。此次朋友的到来让纪德很开心,开心到他将此事写信告知知己保罗·瓦莱里。

亲爱的朋友:

收到你7月14日[①]的来信后,我怀着无比喜悦的心情写下这封回信。出于道德义务,在那一天做一件纯粹的事,很有意义。

我发现,没有比把皮埃尔·路易和他命中注定的同

---

① 法国国庆日。

伴一起送到比斯克拉更好玩的事了。

到目前为止，这一生中，我曾两次强烈感受到了这种由衷的喜悦。第一次是我把基约带到一家理发店，说服他剃掉了胡子。但没有什么事能比得上前天的欢乐。我的心思不在皮埃尔身上，而是在埃罗尔德身上。因为皮埃尔一见到我（我们已经有十八个月没见面了），就放了埃罗尔德的鸽子，把瓦格纳的演出票还给了他。我一告诉他比斯克拉的事，他二话没说就匆忙动身了。

劝说埃罗尔德同去比斯克拉，让我觉得事情更好玩了。他们两个昨天早上就前往马赛了，明晚就会到达佩雷斯——布兰克老爹之家，埃罗尔德在那儿肯定无暇完成《胜利者》，因为我给他介绍了好多女士。

亲爱的朋友，我很快就见到你了，可惜相处时间有限，因为我在巴黎只停留两天。你在伦敦收到我的信了吗？就是我在佛罗伦萨给你写的信。我们的两位朋友光荣离去后，14日我就收到了你的来信。所以，我没来得及告诉路易你对我说的皮埃尔的奇事，以及信中那句解释我们关系的不凡语句："我不曾言明要求我的朋友们违背他们的本性。"我自觉我本性已改，不再那么卑躬屈膝。我是否应该得到你的祝贺，还是应该感谢上天让我如此快乐？我尽可能地快乐，总觉得明天会更快乐。但这又能证明什么呢？我的精神卓越，我的勇气可嘉，还是我愚不可及？

亲爱的朋友，我以朋友的身份拥抱你，因为我们已经相知甚深。

我与你同在。

安德烈·纪德
1894年7月16日
尚佩尔

又及：旅居愉快，酒店富丽堂皇，能看到勃朗峰的美景；露台，淋浴，熏蒸，按摩，美食，人们会说外语。

（李泓淼 译）

现在我试着自己做饭了

/ 乔伊斯

乔伊斯大学毕业后，原本打算在家乡都柏林学医学，岂料求学无门，只好前往巴黎寻求进入医学院的途径。虽然此时他已在刊物上发表作品，获得稿酬，但稿酬不足以维持他在巴黎的开销，于是他写信向父亲寻求帮助。

亲爱的爸爸：

周二下午我收到了你的电汇，然后外出美餐了一顿。正值狂欢节之夜，我便奢侈了一把——享用了一支雪茄，撒了些彩色的纸屑营造氛围，还吃了顿不错的晚餐。我买了一只炉子、一口炖锅、一枚盘子、一只杯子、一只茶碟、一把刀、一把叉、一只小汤匙、一只大汤匙、一个碗，还有少许盐、糖、无花果、通心粉和可可粉等，还从洗衣店取回了衣服。现在我试着自己做饭了。比如，昨天晚上，我给自己煮了两个蛋（此地在大斋节期间出售红壳水煮蛋），配着面包、黄油和通心粉吃；我还弄了些无花果和一杯可可茶。今天中午我吃了些冷火腿、面包和黄油，搭配瑞士奶油与糖；晚餐我吃了两个水煮蛋和维也纳面包、通心粉，喝了牛奶和一杯可可茶，还吃了几枚无花果。周日晚上，我打算炖些羊肉，放上几个土豆、蘑菇和小扁豆，餐后再来点可可茶和饼干。明天（午餐）把剩下的火腿配着面包、黄油、瑞士奶油和糖吃掉，再解决剩下的无花果。我想，这么一来我的开支就可以节省些。无论如何，我都希望不要在睡觉的时候像过去那样梦见大米布丁，这对斋戒的人来说可不是什么好梦——倒不如不睡。不幸的是，周二用完晚餐后，我的身体十分不舒服，晚上还出现了呕吐症状。周三全天我整个人都不在状态。但今天好多了，只是时不时地犯神经痛——我想，应是我最近持续禁食所致。

周二早上，我收到《演讲者》寄来的样张。若是没记错，我的文章将在2月28日周六发表。我预计稿酬将在下周支付。至于《快报》，暂时没有消息。斯坦尼说共发表了我的四篇评论。两周前我给他们寄去一份关于萨拉·伯恩哈德[①]演出的评论，还随附了一封信；我应该跟你说过。今天，我又寄出关于狂欢节的一篇纪实作品。我的另外一篇文章尚未发表，还需等辛迪加对副本进行批准，否则无法进行后续操作，也就无法获得稿酬。按照我的理解，样张已经过关，后续只需等待。

这笔学费（二十法郎和十法郎）我将原封不动地留到3月底，以便支付酒店账单。周二我收到了酒店账单〔一共是一镑十先令，我用了七根蜡烛（花了我三先令）才装成一盏灯〕，希望您能在1日把这笔钱寄给我——酒店的女老板脸色铁青，每当我上楼时一只口袋塞着牛奶，另一只塞着面包与补给时，她就用一种奇怪的眼神盯着我。若是一切顺利，我希望不会再因钱的问题叨扰您。我现在欠着十八先令的外债，暂且不管了。

正如我告诉您的那样，您的（也是我的）好友图伊先生并未理会我的信。《爱尔兰时报》并未采取任何措

---

① 法国女演员。

施，若我是个专门鉴别傻瓜的专家，那这家报纸的经理在我看来就是个标准的大傻瓜。若是期刊编辑、经理与那些"老实人"都像他们表现出来的那样冥顽不灵，恐怕我要认真想想，是否要转行做牧师了。

吉姆[①]

1903年2月26日

巴黎高乃依大酒店

（张容 译）

[①] 乔伊斯写信落款时常用的简称之一。

我赢得了一个人的掌声

/ 叶芝

1902年，叶芝资助成立了一个出版社，由叶芝的两个姐妹经营，这封信便是写给其中的一个姐妹——莉莉。两姐妹都是当时爱尔兰杰出的女性艺术家，在她们的经营下，这家出版社出版了一百多本书籍。她们尽管十分优秀，但仍淹没在叶芝的光环之下。叶芝不仅是当时家喻户晓的诗人，还是爱尔兰国家剧院即著名的艾比剧院的创始人之一，他还身兼爱尔兰国会参议员一职。

亲爱的莉莉：

我刚刚收到你的来信。周一，我将前往圣路易斯，在当地进行几场演讲，估计有一天半的时间都待在火车上。三周后我再回纽约。今夜，我将在纽约附近演讲，明天的那一场则是重中之重，地点在雄伟的卡内基大厅。场地巨大，如果观众席坐不满——这极有可能，那么，我在大厅里讲话会相当困难。欲求之时，却求之不得，出于种种原因，现在并非好时机。但我仍希望能圆满完成演讲。我已赶往现场排练，尝试在宏大、空旷的演讲厅高谈雄词。我赢得了一个人的掌声：我才说完一段精心准备的演讲词，黑暗的角落里便传出掌声。鼓掌者是来自爱尔兰的大厅管理员。

对于父亲来说，给达德利伯爵画肖像是一次难得的机遇，但我认为他将很难与政治撇清关系。回信时，若你有意，可与我说说费伊为科拉姆的戏剧所搭的小屋最终是什么样子。没有人同我说过这件事。他们给小屋涂了什么颜色？是不是纯色的？我曾向费伊提议，把整间小屋刷成烟灰色，这样一来，演员背后可呈现出一整片相对统一的色彩。洛莉[①]计划何时完成海德的书？还有不少人邀我为他们作序呢。我还有一事相问：《红毛汉拉恩历险记》大约何时付印？我不可再多说了，接下来

---

① 叶芝的另一个姐妹，与莉莉共同经营出版社。

还有一两封信要写，之后要把演讲稿再通篇口述一次。听众济济一堂，我没有信心在他们面前即兴演讲。听众越多，我越不可信口开河，更要郑重其事、有节有律、讲求技巧，如此方为正道。所以，我虽相信自己具备在社团内即兴发言时迸发灵感的能力，但面对如云的听众，我必须精心设计每一个论点。

爱你的W.B.叶芝
1904年1月2日

（杜星苹 译）

我的生命像一团火焰

/ D.H.劳伦斯

1911年，D.H.劳伦斯停止（非辞职）在大学教书的工作，一方面是因为向来跟他很亲的母亲过世了，他悲痛到旧病（肺炎）复发，需要休养；另一方面则是因为他本人想沉下心来写作。

亲爱的加尼特：

你寄来的支票已于昨日到我这了，我却之不恭了。稍晚一些，待我存下些积蓄，请务必接受我的还款。这能彰显我信守承诺。

我身体甚佳。昨天，我坐着喝了一个小时的茶。我一反常态，对什么事都提不起兴致，感觉自己像座正襟危坐的埃及国王雕塑。我的肺正在快速康复中。我的大脑根本闲不住，或许我应该起床找点事做，才能恢复如常。我天生好忙碌。现在因为活动不足，我睡得很不好——可我也不能起来工作，否则体力不支。我觉得，我的生命像一团火焰，变动不安地在油灯上摇曳、跳跃、噼啪作响。若它重归我掌控、听我指示，我将心花怒放。

医生告诫我不可再回学校，否则会患上肺痨。但他不知道我不打算递辞呈，而是要请个长假。这样，当我囊中羞涩时，我还能回去教书。得知我要延长假期，校长唉声叹气。他知道，他很难再找到哪个教员像我这般不辞辛劳。

我周三去找你。不要把那本小说的手稿带回来，除非你已经把感兴趣的部分全看完了。我对它无半分留恋。这部作品过于沉重，承载了我太多感情。它是一块海绵，已经在醋或酒之类的液体里浸透——需要把它体内的液体挤干。它让我畏葸不前。不知《我心灵的故事》是否也曾让杰弗里斯[①]望而却步。

[①] 即理查德·杰弗里斯，英国作家，他的自传《我心灵的故事》于1883年出版。

对于一个忙碌的人来说,这封来信实在是太长。请见谅!

友人 D.H.劳伦斯

1911年12月17日

克罗伊登①阿第斯康比考沃斯路16号

(杜星苹 译)

---
① 英国辖区,位于大伦敦南侧。

一大片月光向我们袭来

一大片月光向我们袭来

/ 王尔德

1874年,王尔德取得牛津莫德林学院学生的最高荣誉,每年可获得津贴九十五英镑。大学一年级暑假,他利用这笔津贴前往意大利旅游,开阔眼界。在途中,他给他母亲写信讲述了旅途中的见闻趣事。

(一)

王尔德夫人:

过去五日,我忙于游历、赏景,无暇写信。

日记:周六夜晚,抱憾离开佛罗伦萨;跨越亚平宁山脉①,领略秀美的阿尔卑斯山景;列车绕着半山腰行驶,成片的松林和悬崖峭壁在我们头顶,脚下则是山谷、村落,还有一条条溢满水的河。我在博洛尼亚②吃

---

① 意大利亚平宁半岛的主干山脉。
② 意大利北部城市,历史文化名城。

了顿晚餐,约莫凌晨五点半,列车已逼近威尼斯。离开山区,列车立即驶入一片广袤、平坦的高地(意大利无小山——不是群山连绵就是一马平川),地上精耕细作,似一座富饶的花园。距威尼斯不足四英里处,景致截然不同。一汪黑黢黢的沼泽,与艾伦沼泽①如出一辙,只是更加平坦。途经一座桥,跨过一片广阔的潟湖②,于七点半抵达威尼斯。一帮船夫一拥而上,把我们揽到一艘灵柩模样的黑驳船上,又把我们的行李装上船,我们像丧了命的亚瑟王,大战之后被运离战场。途经几条又窄又长的河道,我们才终于抵达酒店。酒店位于圣马可广场——除了里亚尔托桥,这是威尼斯唯一可以步行的地方。圣马可大教堂光彩夺目、无与伦比。一座富丽堂皇的拜占庭式教堂,内外皆镀金并嵌有马赛克。地面铺有大理石嵌饰,配色与设计皆妙不可言,借一根根石柱的沉降起伏呈现出波涛汹涌之貌。一扇扇雄伟的青铜大门,处处辉煌壮丽。教堂隔壁的总督府令人

---

① 该沼泽位于爱尔兰中东部,王尔德及其母亲皆出生于爱尔兰。
② 浅水海湾因湾口被泥沙淤积成的沙嘴或沙坝阻挡而形成的接近封闭的湖泊。

叹为观止：府内各议会厅气势恢宏；墙上的画作记录了威尼斯人民的重大战役，壁画出自提香之手；天花板上的雕梁金碧辉煌、纵横交错；墙上的议员画像皆是提香①与丁托列托②之杰作，列位议员气度不凡、庄严肃穆，与各间议会厅相得益彰。

赫赫有名的大议会厅——"三人厅"③金光熠熠，铺满黑色大理石。厅中两条昏暗的小道通往叹息桥。议会厅配色巧妙、宏伟庄重，我难以言表，窗外的海景亦美不胜收。总督府壮观如斯，而地下则是暗无天日的地牢与刑讯室——真让人大惊失色。

我们在此处度过了一上午，之后，乘着一艘贡多拉船④游览了几座威尼斯小岛。其中一座岛上有一处亚美尼亚修道院，拜伦曾在此栖居。我们还去了另一座小岛，利多岛，它是个周末的好去处，尝了些牡蛎和虾。在壮丽的夕阳下，我们趁着潮涨打道回府。威尼斯是从海中

---

① 意大利文艺复兴兴盛期画家。
② 意大利文艺复兴后期画家。
③ 指1171年上任的三位委员规定的只有本人或祖上曾担任公职的人方有资格进入的威尼斯大议会厅。
④ 威尼斯的一种水上交通工具。

升起的一座城市，教堂与宫殿成行成列，洁白或镀金的屋顶比比皆是，还有高耸的钟楼。除了圣马可广场，城中不见一处空地。粉霞西下，瑰丽无比，雷云如长龙，透着紫晕，映照着这座城市。晚饭后我们去戏院看了场精彩的马戏。幸逢皓月当空，我们乘着贡多拉船，行至圣马可飞狮像处上岸。此景浪漫，似歌剧中的"文艺"场景一般。我们坐于石柱底座，一侧是总督府，另一侧是国王宫，背靠着大钟楼。水梯上挂满了黑漆漆的贡多拉船，借由水面的反射，一大片月光向我们袭来。每一刻都有一艘黑漆漆的贡多拉船划破那粼粼波光，悄无声息，遁形于黑暗之中。

1875年6月23日

米兰市弗兰恰酒店

邮戳日期：1875年6月24日

(二)

王尔德夫人：

我记得，上封信与你说到我在圣马可广场赏月。

我们费尽周折回到酒店,已是筋疲力尽。翌日清晨,我们乘一艘贡多拉船前往大运河。两侧的建筑高耸林立,宽阔的台阶直抵水中,一根根泊船的大柱子围绕在侧,上面饰有五颜六色的家族徽章。处处是斑斓的色彩:黄澄澄的条纹遮阳棚悬于窗边,纯白大理石砌成一座座圆屋顶与教堂,红砖筑就钟楼,满载水果蔬菜的大船正赶往集市所在地——里亚尔托桥。我中途下船参观了画廊,按照惯例,画廊藏于一处隐秘的修道院,内有大量的提香与丁托列托的作品。提香的画作《圣母升天》在意大利堪称绝佳。游览了多座教堂,一律是奢华的"巴洛克"风格——精雕细琢的金属制品,光泽明亮的大理石,还有马赛克拼化,司空见惯,毫无艺术感。画廊之中,除了提香的画,还有两幅佳作:一幅是优雅的《圣母马利亚》,出自贝利尼之手;另一幅是博尼法齐奥的《底比斯与拉撒路》,依我所见,画中女子有一张全意大利最动人的脸。

这一日,我们辗转在船上与集市之间。夜晚时分,一支庞大的乐队现身于圣马可广场,全城各色时髦人士在广场上涌动。几乎每一位年逾三十的女子都在前额上搽了粉，多数人戴着面纱。我注意到她们的高冠帽上有两条花环，一条在帽冠之下，另一条则绕着帽冠。

婚后的意大利女人憔悴不堪，小伙子和姑娘们倒都很俊俏。已婚女人多是"蒂蒂安斯"[①]那副模样，或是面色蜡黄、容貌丑陋，如"特雷贝利·贝蒂尼"[②]。

清早，我们在"半岛东方"旗下的轮船"巴罗达号"上用餐。一位年轻医生与我寒暄，他叫弗雷泽，来自都柏林[③]。正午时分，我们动身前往帕多瓦。相信我，威尼斯的色彩连同城中的建筑都美得无法形容。拜占庭艺术与意大利艺术在此交织——这座城既属于东方，又属于西方。

两点钟，我们抵达帕多瓦。一座洗礼堂伫立于富饶的葡萄园之中，是乔托[④]的杰作。墙上的壁画也出自他之手，一面墙上描绘了圣母马利亚的一生，另一面墙上则记载了耶稣的一生。蓝色天花板以金色繁星与浮雕圆

[①] 指卡罗琳娜·蒂金斯，19世纪享誉英国的女高音歌唱家。
[②] 19世纪备受赞誉的意大利女低音歌唱家。此处，王尔德借两位女歌唱家讽刺意大利已婚女子在外貌管理上的懈怠。
[③] 爱尔兰首都和最大城市。
[④] 意大利文艺复兴初期画家、雕塑家、建筑师。

图为装饰,受但丁启发,乔托在西墙上绘制了一幅磅礴巨作——《天堂与地狱》。据他所述,当初但丁被放逐维罗纳[①]时,因斯卡利杰利宫中台阶陡峭,行走艰难而生厌,故迁至帕多瓦与乔托同住。二位的故居至今仍可访问。画中蕴含着美和圣洁的情感,色彩清澈透明,一如刚刚被画成时的那般。整座建筑浑然一体,我难以用言语向你传递。他是画家中的翘楚。我们在洗礼堂逗留了一个多小时,心怀敬畏、惊叹不已,由衷地欣赏他的画中之景。

帕多瓦这座城市古色古香,每条街道上都立着精美的柱廊,有一所军事化的大学,有一座引人注目的教堂(圣安那斯塔斯教堂),当然也有很多不值一提的教堂,有全意大利最好的饭店,我们就在那里用了晚膳。

回米兰时,正赶上一阵骤雨。我们晚上到剧院看了场精彩的芭蕾舞。

第二天早上我们参观了大教堂。教堂之外,小尖塔和雕像精美至极,数不胜数,与整座建筑的其他部分格格不入。教堂内部高大雄伟,巨大的石柱撑起屋

---

① 意大利北部城市,位于阿尔卑斯山脉南麓,阿迪杰河畔。

顶，让人难以忘怀；有几扇精美的老式彩窗，还有很多不堪入目的新式窗户。这些现代人不明白，一座教堂内的窗户，其用途在于展示出大片的色彩交相辉映之美。只有精美的老式窗户才能展示出如土耳其地毯般繁复的图案；窗上的人物倒不甚重要，只是供设计者寄托情感之用。现代的壁画式窗户，其本质是为与画作相匹配，看起来必然矫揉造作，古里古怪。

大教堂极其失败：外部设计荒谬离奇，毫无艺术感；细微之处过度雕琢，又悬于高处，超出人们的视线；堂内之物皆粗制滥造。纵使大教堂高耸入云，建造者也很用心，但它仍旧是一件巍然屹立的失败品。

前面忘了说，我们六点钟从帕多瓦去了维罗纳，在古罗马圆形露天剧场（场内陈设仍如古罗马时期一样齐备）看了《哈姆雷特》的演出——表演自是平平无奇——但你且想一想，在一个月色迷人的晚上，静坐于古老的露天剧场，是何等浪漫之事。早上我们前去瞻仰了斯卡利杰利族墓——各式繁杂的哥特式艺术品与铁艺制品，堪称典范佳作。熙熙攘攘的集市上处处立着伞，这些伞硕大无朋，我生平头一回见，如同一株株新栽的棕榈树,伞下坐着许多水果摊贩。至于去米兰的经过,前文中已详述。

昨日(周四),我们先去了盎博罗削图书馆,翻阅了几份绝妙的手稿,浏览了两本重新誊写的羊皮书卷,皆是佳作,还看了一本带有爱尔兰语注释的《圣经》,出自六世纪或七世纪,由托德、惠特利·斯托克斯及其他学者校对。此外,馆内还有一批珍藏的画作,其中,拉斐尔的粉笔系列素描与速写尤为出众——我认为远比他的绘画更值得玩味,贺尔拜因[1]与阿尔布雷希特·丢勒的画作也不错。

之后去了画廊。有几幅柯勒乔[2]与佩鲁吉诺[3]的佳作。在所有藏品中,最珍贵的是贝尔纳迪诺所画的圣母马利亚,圣洁的她立于茂密的玫瑰藤蔓中。这幅画定能赢得莫里斯与罗塞蒂的青睐。我们先前在图书馆中看过他的另一幅画,背景是成片的百合花。

米兰堪称第二个巴黎。各式拱廊、画廊令人惊叹,

---

[1] 德意志宗教改革运动时期肖像画家、版画家。
[2] 意大利文艺复兴盛期画家。
[3] 意大利画家,早年与达·芬奇同在韦罗基奥的工作室工作。

整座城市多为白石建筑，上面涂有金色涂层。在比菲餐馆享用了佳肴，还喝了些上乘的阿斯蒂酒，口感类似于苹果酒或甜香槟。晚上去看了场新歌剧《多洛雷斯》，其作者是一位名叫奥泰里的青年音乐大师。有些部分颇有贝里尼①之风，几首回旋曲优美动听，但总体而言还是呕哑嘲哳的鬼哭狼嚎。无论表演如何，观众始终热情洋溢、情绪高涨，每隔五分钟，场内便爆发热烈的喝彩声。所有演员随即向作曲家狂奔，只见他立于场地一侧，稍闻些赞许声便冲向台前。他一副有气无力的样子，将一只脏污的手搭在毫无光泽的衬衫上以示激动，一脸陶醉地搂住女主角的脖子，向我们所有人飞吻。他出场不下十九次，剧终时，人们手捧三顶花冠出场，其中一顶由绿色月桂枝制成，并以几条绿丝带为装饰，仓促地被扣到他的头上，而他那颗脑袋极其窄小，花冠一部分落在他有棱有角的大鼻子上，另一部分耷拉在他那件颜色黯淡的衬衫衣领上。我从未见过哪一幕或哪部歌剧

---

① 意大利歌剧作曲家，对肖邦的旋律写作和威尔第等人的歌剧创作均有影响。

荒谬如斯。不仅仅是上述两点,本场歌剧其他地方也一无是处。玛格丽塔公主也在场,雍容华贵,但面上无光。

这封信写于阿罗纳的马焦雷湖畔,一个风景优美的地方。我在米兰与马哈菲还有小古尔丁分别,他们将继续前往热那亚[①]。迫丁囊中羞涩,我与友人道别,心中异常孤苦。我们共同走过了一段愉快的旅途。

马车将于今夜午时启程。我们经辛普朗山口[②]直抵洛桑[③]附近,十八个小时的车程。明天(周六)晚上,我将抵达洛桑。

儿子奥斯卡
1875年6月24、25日,周四、周五
米兰

(杜星苹 译)

[①] 意大利最大的港口城市。
[②] 与意大利北部相连,被誉为阿尔卑斯山最美丽的山口。
[③] 瑞士西南部城市,沃州首府。

浪漫！真浪漫！

/ 布鲁克

布鲁克是英国诗人，写有以战争为主题的诗歌《一九一四年》。他在参加第一次世界大战时因被蚊虫叮咬得了败血症而亡，英国人民视他为民族英雄。这是他写给英国外交家马什的信，描述了他在旅途中的见闻。

亲爱的埃迪①：

我知道我很久未给你写信，其实，我上一封信寄出去没多久。这两封信何时才能到你手中，只有上帝知道。我猜测大概要在圣诞节前后，尽管听上去有点难以置信。

…………

两天前，我乘船从萨摩亚②出发。此前，我在一名

---

① 马什的昵称。
② 指萨摩亚群岛，太平洋中南部岛群。

"口译员"的帮助下——此人十分亲切但完全不懂英语——在萨摩亚的各个村落四处游荡。最后几天,我在一个村庄落脚,参加了一场盛大的婚宴。我住在一户萨摩亚人家里(真是世界上最凉爽的房子),与一对夫妻和他们的几个孩子同住。最大的孩子是个漂亮的女孩,年方十八,最小的孩子是个一岁的胖娃娃。家中有一条狗、一只猫、一只歇斯底里的得意母鸡,还有一只花里胡哨、红绿相间的鹦鹉,鹦鹉在房梁上跳来跳去,用一双不怀好意的眼睛四处巡睃,想要……每天有两次,不偏不倚地正好拉在我的帽子和衣服上,让人哭笑不得。

萨摩亚女孩体态优美,与众不同,走路婀娜多姿,像女神一样。她们棕色的皮肤非常可爱,一点不掺杂美拉尼西亚①人的黑皮肤;她们肩颈优美,足以让任何一个欧洲美人羡慕到发疯;她们的举止和面庞让我不断想起我那超凡脱俗、冷酷无情、我永远深爱着的X。想象一下我生活在一群X中的场景吧!可以想见,离开这里

---

① 太平洋西南部岛群。

去斐济①和塔希提岛②，我会多么伤心！哦，天哪！我担心这两个地方都很糟糕。

还有，埃迪，关于这里的一切都名不虚传，比如椰子。在一片陌生、巨大、潮湿的热带森林中漫步数小时，你会听到茂密的树枝上面传来的各种各样的鸟叫声，以及精灵们神秘的窃窃私语声。若是感到口渴，你可以派你的小随从爬到高大笔直的棕榈树上去。他身手敏捷，轻轻松松就爬了上去。他砍下两个大椰子，从树上下来后，在椰子上打洞。此地拥有世界上最美味的饮料。

浪漫！真浪漫！我在泥泞的道路上，步行十五英里，翻山越岭，蹚过三条河，才找到这艘船。如果将来突然有一天，你在国王学院③的b教室里，或在金角磨坊吃午饭时想起我，你就该知道，对这茅草屋顶上的满月，清晨的棕榈树以及下潜三十英尺深、潜入碧蓝大海或瀑布下的深水潭中的萨摩亚青年男女，我实在想念得紧，于是我回到那里了。

---

① 太平洋西南部岛国。
② 太平洋东南部法属波利尼西亚最大岛屿。
③ 英国公立研究型大学，是伦敦大学最负盛名的学院。

……………

到达新西兰后，我可能会收到一些信件，其中也有你写给我的。你作为我的作品代理人或者说临时执行人，恐怕会比较闲。我在旅途中是从不写东西的。

……………

就这样吧。代我向所有人问好，从杰克逊到海伦娜·达尔文·康福德（如果你认识她的话），以及威尔弗雷德（吉布森）、丹尼斯（布朗），还有你自己。至于那几个整日待在家里、脸色苍白的可怜虫，就给双倍的问候吧。我越来越期待明年夏季学期在国王学院和雷蒙德大楼之间度过的日子。这真是一个美好的期待。望能如愿！

玛尼娜！托法！

你的鲁珀特[①]

1913年11月15日（？）

写于斐济附近

（张容译）

[①] 布鲁克的全名为"鲁珀特·布鲁克"。

我无语凝噎

/ 泰戈尔

1920年5月，泰戈尔开始了欧美之旅，此行的目的一方面是宣传和平与友爱的精神，另一方面是募集筹办国际大学的资金。在这一年多的旅途中，他到过美国和欧洲一些国家，几乎每周都给他的英国朋友安德鲁斯写信，讲述自己的旅途见闻，以及由此生发的对生活、人生、故土、文化等方面的思考。

我真希望自己能从这场长途跋涉中解脱。颠沛流离如斯，犹如迷雾裏挟住我们的灵魂，阻挠我们与上帝亲密接触，尽管现在我无比渴望天国。春日已至，晴空万里。我渴望与飞鸟、树林和遍地绿草为伴。天空呼唤我高歌，然而，我这可怜的人间凡夫，只会斥责——我做出这种事，将自己逐出了欢歌满堂的天国，降临于尘世。订立印度法典的摩奴[1]责令我们不可渡海，可我违令而行；我乘船驶离故国，离开清晨茉莉花开的家乡，离开萨拉斯瓦蒂河的莲花池——孩提时代，满池莲花曾向我招手，犹如母亲的爱抚。现在，我偶尔回乡探望，乡亲们虽唤着我的名字与我寒暄，但都与我保持着距离，我感觉自己迫不得已遗失了种姓[2]。

我那亲切的帕德玛河，她一脸祥和，愉悦的波光常与我的歌声应和，从今以后，每当我靠近她时，她将蒙上隐秘的面纱疏远我，忧伤地对我说："你跨海而去了！"

"失乐园"的戏码在亚当与夏娃的子嗣间反复上演。我们为灵魂套上启示与教条的外衣，不再依天性袒胸露乳，失去了极乐的生活。我这封信，承载着被驱逐的灵魂的呼喊，对于如今生活在印度的你而言，一定陌生至极。

我们曾在森蒂尼盖登[3]校园的马达夫亭下上数学

---

[1] 印度神话中的人类始祖，古印度《摩奴法典》的制订者。
[2] 即种姓制度，印度的社会等级制度。泰戈尔是印度婆罗门种姓。
[3] 泰戈尔创办的国际大学的前身。

课。就算功课再繁忙，我们也没见一个个几何命题从头顶的树梢上喷薄而出，对于学生和其他人来说，岂非一桩妙事？……

空气中弥漫着春天的气息，我幡然醒悟，挣脱了沉溺于"启示"的噩梦，想起自己本是一无所长的那类人，便连忙与沦落天涯者合声高歌。但我耳边又响起那声低语："此人是跨海而去者。"登时我无语凝噎。

明日我们将离开欧洲，终结我连日以来的流亡之路。自现在起，我的去信或会大大减少，不过，等我们在7月的绵绵阴雨中会面时，我将把信中遗漏之事悉数告知。

....

但凡我们面朝东方，我的心便充满欢喜。对我来说，东方是诗人的东方，不属于政客或学者。东方的天空包罗万象，还有朝气蓬勃的阳光。很久以前，一个懵懂无知的男孩怀揣着梦想，在暮霭沉沉的东方迷失了方向。如今男孩已长大成人，但童年的日子，他永志不忘。

....

我现在心痛不已，企盼在雨季的第一天与你郑重相见，我心灵的每一处空隙都将浸透着芒果花的芳香。如今的时局，能允许这种事发生？……

大海汹涌澎湃，狂野的东风奏响戏蛇人的风笛，引得浊浪排空、嘶嘶作响。惊涛骇浪，我不为所动，但惊涛骇浪下的暗潮涌动，如巨人的心脏在绝望中搏动，我的心为之一沉。

我时常胡思乱想，想着自己无缘再登印度的海岸，便黯然神伤；我渴盼故土朝海上的我张开臂膀，她手中的棕榈叶在空中窸窣作响，盼得我肝肠寸断。我以真挚的初心深情地凝视着这片土地——我的缪斯女神——是她让我爱上阳光，让我穿越秋日清晨的薄雾，触及椰树林之巅，让我目睹暴风雨的阴云在遥不可及的地平线下翻腾，层层乌云满载着对风暴将至的殷殷期盼。

…………

今日是周二，周四一早，我们有望抵达普利茅斯[①]。几个月的流亡生活艰苦卓绝，你的来信给了我莫

---

① 英国主要商业港口和军事港口。

大的安慰——我像一名拖着残躯病体赶往营地的小兵，双腿疲软，步履维艰。路途艰险，幸而吃喝不愁。无论如何，我的旅途即将结束。待我抵达故土那一日，殷切期盼与你见面。我所受的煎熬，唯有上帝知晓。我渴望安息。

1921年3月18日

纽约，S.S.林达姆班轮

（杜星苹 译）

我无所畏惧

/ 马克·吐温

马克·吐温原名叫萨缪尔·兰亨·克莱门斯，"马克·吐温"是他的笔名，原是一种水手使用的术语。他小小年纪便出门闯荡，这是他在闯荡过程中写给姐姐的信，告诉姐姐不要担心自己，展现了年轻人的倔强和不服输的劲头。

亲爱的姐姐：

我许久未给家中去信，原因有两点。首先，我不知各位家人身在何处。其次，过去的两周里，我每天都在自我蒙蔽，觉得自己很快就要离开纽约。这个地方虽令人厌恶，但每每准备离开时，我都心生眷恋，于是总借故推迟一两天。说句真心话，当初我离开汉尼拔[①]时有

[①] 即美国密苏里州的汉尼拔镇，位于密西西比河边。

多轻松，今日我告别纽约就有多沉重。不过，我想我应该会在周二动身。

埃德温·福里斯特在百老汇剧院连续演出了十六天，可我直到昨晚才腾出空去看。上演的剧目是《角斗士》。大部分剧情不合我胃口，但有些片段很出彩，尤其在最后一幕的后半段，福里斯特饰演的角斗士复仇时，多么大快人心，尽管最后他在兄弟面前咽了气。演员似已全身心投入角色，表演得实在让人震撼。很可惜，他出演的《戴蒙与皮西厄斯》我没看成——戴蒙是他塑造得最为成功的角色。周一晚，他将现身于费城。

最近，我一封家书也没收到，但前两天收到一封"日报"，从中得知，办公室已售出。我估计，妈妈、奥赖恩和亨利正住在圣路易斯。如果奥赖恩拿不下工长的职位，自己又没有其他中意的项目，他应该签下合同、办那份周报。现在，出一份像《长老会》这样的报纸（约六万字），每周能赚二十至二十五美元，他和亨利完全能胜任这份工作——除了设置字体和排版，不需要其他操作。我的意思是，如果印两万五千字换五美元（每周）能鞭策亨利稍微动动他那身（雷打不动的）懒骨头，那这份工作就完全值得干！这样一来，奥赖恩就可以给吉姆·沃尔夫在圣路易斯安排个活，每千字付他二十美分的工资即可。格雷办公室的工长一心想去圣路易斯，我对这座城市的所有了解均已向他和盘托出，如果他真去了那里，我不会有半分惊讶。

就算我不常写信，你也无须为我担心；若一个年近十八岁的弟弟才离家几里地就不能照顾自己，那这种弟弟根本不值得你惦记。我就算照顾不好自己，也绝不会让你知道。无论如何，我无所畏惧。我不求任何人施舍，我会努力（理应如此）争取像"锯木匠的手下一样独立"。

我从没见过哪个地方像纽约这样，处处是武装部队。沿着街头走一走，你一定能碰到一支穿军装的队伍，每个人都背着鼓、拿着笛子或其他乐器。上一回，我遇见一大群参加过1812年战争[①]的士兵，还有一名参加过1776年战争[②]的老兵混迹其中。前两天，我路过一处公园，恰逢一队小男孩在游行。孩子们身穿整齐的制服，

---

① 即美国第二次独立战争。
② 指纽约及新泽西战役，发生于美国独立战争期间。

手里的步枪有普通步枪一半的大小。其中几个孩子不过七八岁的年纪，但很显然，他们都受过专业的训练。

现在，在哈得孙河上乘最好的轮船前往奥尔巴尼（航程一百六十英里）需花费二十五美分——票价真低，不过，一般来说，夏季船票更便宜。

希望你一收到我的地址就给我写信。如果我能预知，我多想现在就把地址告诉你。我可能还要在这里待一周多，但也说不准。你给我写信时，跟我说说家人们的去向。代我向莫菲特先生和埃拉致意。告诉埃拉，我打算过两天给她写信，不管她想不想看。

你真诚的弟弟萨缪尔·L.克莱门斯
1853年10月8日
纽约

（杜星苹 译）

这就是生活！

/ 马克·吐温

> 马克·吐温生活经验丰富，做过商人、舵手和新闻记者，作品有《汤姆·索亚历险记》《哈克贝利·费恩历险记》等。这是他写给美国《默斯卡丁》杂志的信。

今日清晨，我走出家门欣赏华盛顿的街景，地上白茫茫的一片，大雪纷飞，仿佛打算在很短的时间内把整个天空都掏空。飞雪漫天，我很难看清街对面。

我动身前往国会大厦，路上看不清人行道，每走一步，我的脚踝都深陷于积雪与泥泞之中。好不容易到了国会大厦，我却发现国会要到十一点钟才举行。于是我想，不如在这座城市闲逛一两个小时。

财政部大楼雄伟壮观，一长排圆柱立于楼前，与总统府仅隔一个街区。步入白宫前的公园，映入眼帘的是克拉克·米尔斯的杰作——策马奔腾的杰克逊雕像。我细细欣赏，雕像精妙绝伦，冒着暴风雪长途跋涉来看一看是值得的。华盛顿的政府大楼可谓建筑界的典范，本该为这座城市增光添彩，像纽约的政府大楼那样，可这些大楼与周围景观格格不入，犹如把成群的宫殿安在霍屯督人①的草场。街道宽阔、笔直、平坦——的确算得上康庄大道，但街边的房屋一成不变、破旧不堪——两层或三层的砖房，胡乱拼凑成一个片区；走在宾夕法尼亚大道上，连一个紧凑的街区都很难看到，仿佛这些房屋是从某位巨人国绅士的袋子里倒出来的，风一吹，它们七零八落、分散在各处。路上几乎没有一条人行道。我敢说，整条宽阔的宾夕法尼亚大道上，连一辆冒烟的汽车也没有。那么，如果想去国会大厦或其他地方，你只能站在水潭中，任凭飞雪拂面，苦等十五分钟甚至更久，才盼来一辆慢悠悠的公交车。就算公交车来了，十有八九，车里塞着十九名乘客，车外还挂着十四个，司

---

① 居住于非洲南部的游牧民族。

机看向你的眼神充满了怜悯。你明知自己浑身湿漉漉，活像一块浸了水的洗碗布（心里也凉透了），却有种难以言喻的满足；与此同时，你还忘了，你在雪水里泡了十五分钟亦不过白费工夫。接着，你收起双拳揣进贴身的后裤兜里，在绝望中大踏步离开，脚下的步伐和脸上的表情如悲剧演员般凄苦。你这副"舍我其谁"的样子又引得一群街头小混混"雀跃欢呼"。这就是生活，这就是华盛顿！

国会大厦富丽堂皇，备受世人赞誉，我无意另作赘述。大厦中的装饰雕塑美轮美奂，但我在这方面一窍不通，也就一笔带过了。国会两院之间的大厅以大幅油画为装饰，一幅幅油画记载了美国历史上发生的大事。其中一幅画十分吸引我，它描绘了清教徒登上"五月花号"帆船的场景，笔触自然，栩栩如生。《波卡洪塔斯受洗礼》也是一幅精美的画作，在此展览，适得其所。

走进参议院，我得以与诸位议员见面，他们动用智慧与学识为人民谋利益，却只换得微不足道的荣誉和每日八美元的收入。如今的参议院组织架构不同以往，它已失去昔日的辉煌。大厅里再也听不到克莱、韦伯斯特①或卡尔霍恩②的豪言壮语。他们已完成各自的使命，退出了参议院的舞台。虽有其他议员递补他们的位置，但我仍感到怅然若失。参议员们一贯衣着朴素，避免高调行事，若非必要，绝不发言——与众议院议员截然不同。卡斯老先生风度翩翩；道格拉斯先生，别名"美国小年轻"，看样子是某位律师的书记员；苏厄德先生身材单薄、皮肤黝黑，瘦得皮包骨头，一副弱不禁风的样子。

议会中，每个人看上去都忧心忡忡，肩负着拯救共和国的使命，人人心急火燎，难以从容。五六名议员立于场地中，整个议院回荡着高亢的呼声："主席先生！主席先生！"本顿先生阴沉着脸，静坐于喧嚣之中，如一头雄狮困于猴笼，他自恃孤傲，不屑听这帮人喧闹。

S.L.克莱门斯
1854年2月18日
华盛顿

（杜星苹 译）

---

① 即亨利·克莱与丹尼尔·韦伯斯特，二者均于1957年入选美国参议院评选出的"最伟大的五位参议员"。
② 美国第七任副总统。

我从未见过这般场景

/ 威廉·福克纳

福克纳是美国作家,主要作品有《喧哗与骚动》《押沙龙,押沙龙!》等。该信写给福克纳的母亲,讲述他游历时的所见所闻。

(一)纽黑文

手头的事暂告一段落,我可以和您说一说了。别看我现在自得其乐,一周前,我是断然做不到的。先从三周前说起吧,我的钱丢了。如您所料,我口袋里的钱不翼而飞了,我原本揣着二十二美元六十八美分,结果只剩了两美元六十八美分。

总要糊口吧,于是我到一家希腊餐馆里洗盘子混口饭吃,那地方只有"一臂"之宽,我尽量省下钱留着买烟,但最后钱还是花完了,我有四天没烟抽。我没挥霍自己的金币，也没兑现您给我的第一张支票，我想留着这些钱。其他几个洗碗工多是希腊人，还有一个来自爱尔兰，他们把我当成意大利佬，看扁了我。

就这样过了十天后，我在一所天主教的孤儿院找到了另外一份工作：清扫落叶、擦洗窗户、照看锅炉。起初，我以为自己要给那些孤儿洗澡、喂饭，后来才知道我不负责这些事。这份工作持续了一周，直到原来的职工休假回来。这地方包吃、包住，可以洗浴，还发了我十四美元的工资。结清工资当日，我重返城区，就收到了您寄来的佳音；接着，我身负累计达二十四美元的债务去了纽约。

（二）纽约

纽约是座大城市，坐落于大西洋西海岸，布鲁克林大桥和十四号街渡口将其与美国腹地相连，尽可能让新泽西州与艾奥瓦州得梅因市的广大市民赶往纽约时畅行无阻。这里有南方的温暖和愉快的时光。

斯塔克先生住在格林尼治村，他那间地下室很温馨，过往的地铁声可伴人安然入梦。昨天，我在他那里借住了一宿；今天，我开始给自己找住处。我看了两处：一处糟糕透了，屋里配了架柴火炉，还有盏煤油灯，位置倒是极富浪漫主义色彩，在麦克道格尔街；另一处很不错，在七号大道上，离华盛顿广场不远。没有比第二处更合适的了，我准备租下它。在纽约，一周不花上个十五美元，很难找到一处像样的出租屋。这里的奥什科什人全都打着温莎领带，一只胳膊底下夹着一个文件夹，里面装满晦涩的诗、难懂的画，另一只的手里夹着一根烟或一支钢笔，口袋里揣满浓缩的肉汤块。他们从不用剃须刀，应该说不用剃须刀的似乎都是男士，我相信女士们人人都用。

下周一我可能会开始工作，在罗德与泰勒[①]的书店里上班。告诉人家，书店正是在五号大道的罗德与泰勒商场里。灰色大楼气势恢宏，与意大利教堂别无二致。图书部经理普劳尔小姐待我很好。昨晚，她请我吃饭，我和她聊起艺术，她抽烟的样子很斯文。她是位很年轻的女士，身量纤纤，略带疲态，眼下有黑眼圈，头发与

---

① 美国奢侈品连锁百货公司，创办于1826年。

双耳平齐。

牛角框镜、齐耳短发，外加宽松的罩衫！这种搭配我生平第一次见。时髦的人真奇怪：非洲女子不在眼睛上费工夫，倒在鼻子上戴骨质圆环。我会喜欢在这里工作的。普劳尔小姐告诉我，我不必太费力就能卖出几幅画作。我还遇到一位虔心信上帝的诗人：他是位真君子，不住在格林尼治村，名叫埃德温·阿林顿·鲁滨孙。当时我正在一家上城区的书店，只见一名身材颀长的男子走了进来，他面庞消瘦、表情温和，戴一副眼镜，举止略显迟疑，不细看倒不明显，或许是因为他近视。我看他年纪在四十岁上下，一头黑发，留着八字胡。进门后，他瞥了我一眼，我认出了他，之前见过他的照片。出门时，他又看了我一眼——他是来为自己的新书签名的——于是我走上前和他搭讪。当然，我从他那儿一无所获，我可能吓了他一跳，但他文质彬彬，并未拒人千里。

大概也就这些事要说，还有，我昨天第一次乘地铁出行。这一趟下来，我的感触是：某些人说得对，我们的祖先不是猴子，而是虱子。我从未见过这般场景：地铁站里人满为患，不多久，一辆列车来了，我敢说，到站停车时，列车的速度绝对能达到一分钟一英里；紧接着，所有人一拥而上，好几位保安大叫大喊，费力阻拦着人群，列车再度出发，全速冲刺，活似一条花园里喷着水的长水管。

地下的列车、地上的汽车、高架桥上的火车，还有出租车，让走路这件事变成假象、成为妄想。他们日夜兼程、步履不停，究竟都要去往何方，为何这般匆忙，我难以想象。我想，他们自己也没有答案，只是抓起帽子，上车又下车，跑过一个街区，再度上车。

或许，下周我会去看几场表演。

爱您的比利[①]

1921年11月10日

纽约

(杜星苇 译)

---

① 威廉·福克纳的昵称。

我不沮丧，也不泄气

接受一切

/夏洛蒂·勃朗特

为了挣钱供弟弟妹妹们上学,二十多岁的夏洛蒂·勃朗特到有钱人家做家庭教师。当时,家庭教师是不为人所尊敬的职业,夏洛蒂在工作期间受尽了艰辛和冷眼。在这封写给友人埃伦的信中,她详细讲述了此次的工作经历。

挚友埃伦:

我正用铅笔给你写信,因为我要去客厅才能拿到墨水——我可不愿去客厅。你写的信昨天才被送到我手中。我们已离开斯通盖普,迁至斯瓦克里夫,现下正住在一处避暑别墅,房主是西奇威克夫人的父亲格林伍德先生。这里靠近哈罗盖特和里彭近郊,是一片秀美的田园,风景别致,土地肥沃,遍地硕果。

我早该给你写信了，把最近的所见所闻一五一十地告诉你。我眼巴巴地盼着你的来信，一日复一日——不断地哀叹："你怎么还没来信？"我还时不时地纳闷："你记不记得轮到你给我回信了？"

埃伦，我无法向你诉尽心头苦，否则，只怕你会收到一部长篇巨著，倘若你在我身边，或许我能和盘托出——站在自身的角度，诉说我第一次当家庭教师的辛酸与苦楚，可谓漫长的煎熬。只需想象一个画面，你就能体会我的苦恼：寡言少语的我，冷不丁地进了高门大户，只见人家家丁兴旺，财大气粗，又赶上聚会，宾客如云，热闹非凡。满屋子的人，没有一张我熟悉的面孔。身处这般场景，我被迫管教一群娇生惯养、无理取闹的孩子，不但要教他们读书，还要不断哄他们开心。孩子们索求无度，不一会儿工夫，我旺盛的精力便消耗殆尽，再也打不起精神。我总感觉没兴致，大概心里的想法都写在脸上了。令我震惊的是，西奇威克夫人竟以此为由训斥我，她疾言厉色、言语粗鲁。我情难自禁、号啕大哭，活像个小丑，我的精神率先被击溃。自认为我已竭尽全力，绞尽脑汁讨她欢心，但只因我性格腼腆，偶尔郁郁寡欢，她便这般待我，实在是欺人太甚。我本打算拂袖离去，打道回府。但转念一想，我决定鼓足勇气，与暴风雨对峙。我说服自己：我还没在哪个地方交不到一个朋友就走；逆境造英雄；穷人生来是劳碌命，底层就该忍辱负重。

我决定忍耐，调整心态，接受一切。我暗自心想，用不了几周，我便不再煎熬。我相信这对我有益。我想起那则《柳树与橡树》的寓言，便默默弯下腰，相信自己已然挺过暴风雨。大部分人觉得西奇威克夫人和蔼可亲，我承认大多数场合下，她的确如此。她身体健硕，神采飞扬；与之相处，我自然倍感喜悦舒畅。可是，唉！埃伦，难道凭这一点就能掩盖她的不足？她心如铁石，毫不体贴他人的脆弱、柔软。如今她待我比刚开始多了几分客气，孩子们也更懂事了一些。但她不了解我的性格，也不愿深入了解。自从来到这里，我与她的对话从未超过五分钟，除非是我遭她训斥。

切莫向任何人透露这封信的内容。我不愿博取任何人的同情，只想与你谈谈心，甚至不要对玛莎·泰勒说起这件事。我想和你面对面聊聊天，我心里还藏着万语千言。我真希望这份工作早点结束,还我自由身。到时候,我就能回家了,你可以来我家中做客,我多想和你一起享受快乐。亲爱的,我亲爱的埃伦,再见了。

尽早回信给我。说说你近况如何,来信直接寄到:哈罗盖特近郊斯瓦克里夫J.格林伍德府。或许不等你写完信,我就回家了。他们一家打算离开斯瓦克里夫,不久便动身。在他们走后,我不打算在此地久留。

1839年6月15日

(杜星苹 译)

当受的折磨

/ 狄更斯

在狄更斯三十九岁那年,家中排行老九的小女儿多拉身染重疾,不幸去世。去世的第二天,狄更斯忍着悲痛把此事写信告知了出门在外的妻子,让她尽可能保持镇定。

爱妻凯特:

现在,请你仔细看,一定不慌不忙、一字一句地读完这封信。如果你匆匆一瞥、不得要领(未读懂某个坏消息),我保证你还得从头再读一次。

小多拉突然病重,好在她一点痛苦也没有。她面色如常、毫无异样——看上去像在安睡。但我确定,她已病入膏肓,至于能不能恢复健康,我不敢抱太大希望。只怕是(亲爱的,我对你还有什么不敢直说的?)我觉得她完全没有好转的迹象。

我不想离开家，虽然我在家里帮不上半点儿忙，但我觉得自己应该留下。我知道，离家在外不是你本意，可你不在家，我一个人安不下心。福斯特一如既往地关心我们，他带着这封信赶去接你。在停笔前，我必须嘱咐你：切记，回来时一定平复好心情……

记得我平时对你说的：我们儿女成群，为人父母当受的折磨，你我一样也躲不过，那么，倘若——倘若你赶回家中，我不得不忍痛告诉你："我们的小女儿已离世。"你听后仍要对其他孩子尽母亲的本分，以证明自己无愧于他们对你莫大的信任。

如果你用心读至此处，我坚信你一定能处理好这件事情。

永远爱你的查尔斯·狄更斯

1851年4月15日，周二清晨

德文郡路

（杜星苹译）

信念改变一切

/ 乔伊斯

1902年,乔伊斯从都柏林大学毕业,获得了文学学士学位。他原打算在该学院读医学,但因家道中落经济困难,不得不放弃学业。他把此事写信告诉了爱尔兰文学复兴运动的核心人物格雷戈里夫人,以期获得帮助。

亲爱的格雷戈里夫人:

我已中止了在此地的医学课程,现稍做叨扰,向您交代下这段历史。

我曾在皇家大学[①]获文学学士学位,计划在本校学医。然而,学校方面不同意我这么做。我敢说,他们大

---

① 指今天的都柏林大学。

概是想阻止我获得某个能够畅所欲言的有利职位。坦率地说，我无法支付医学课程的学费，于是校方拒绝给我安排课程和考试，拒绝为我提供助学金——声称我能力不足；他们倒是给了没通过考试的学生，而我通过了考试。

我希望获得医学学位，这样就能稳定地做一番事业。我希望有所成就，不论成就大小。我知道，在我参加的教会，没有什么异端邪说或自然哲学比"人性"更可怕，因此，我决定去巴黎。

我计划在巴黎大学学医，通过教授英语维持生计。我将独自前往无亲无故的他乡——我认识一个曾在蒙马特尔附近居住的人，但我从未见过他——之所以写信，是想知道您能否给我提供帮助。

我不知道到了巴黎后会是什么样的光景，但应该不会比在此地的境遇更差。我将乘坐12月1日、周一晚上的船离开都柏林，当天晚上再搭火车离开维多利亚车站，前往纽黑文。

不过，我并不沮丧，因为我知道，即使我失败了，也证明不了什么。我将竭力反抗世俗的力量。世间万物，唯有灵魂中的信念方为永恒。信念改变一切，用光明填补万物的反复无常。我看似是以异教徒的身份被逐出祖国，但我并未发现任何人像我一般拥有这样的信念。

您忠诚的詹姆斯·乔伊斯

1902年11月

都柏林，卡布拉，圣彼得街7号

（张容 译）

幸福是一所最好的大学

/ 普希金

> 这是普希金写给好友纳晓金的信,纳晓金是俄国慈善家、收藏家。此前,纳晓金写信告知了普希金自己结婚的喜讯。普希金回信给他,由衷地为他感到高兴,但也提及自己不幸的遭遇。

帕·沃·纳晓金:

我亲爱的朋友,你压根儿想象不到我收到你的信有多么快乐。

首先,我收到的信是厚厚一沓,这证明你有空闲的时间,有多余的纸页,有安宁的心境,也有与我闲谈的愿望。从你开头的几行字里,我看出你平静闲适,幸福美满。你写的每一个词语都驳斥了那些流言——其中一半我是坚决不信的,但另一半令我非常担忧。索博列夫斯基和列夫·谢尔盖耶维奇来我这里吃了午餐。开始我只在心里默读你的信件,随后念给了你的朋友们听,我们都感到满意和开心,一起祝你幸福。我的妻子纳塔利娅·尼古拉耶夫娜等不及想要认识你的薇拉·亚历山德罗夫娜,请求你先介绍她们成为未曾谋面的朋友。她衷心地爱你,祝贺你……

接着让我们来谈谈正事吧,也就是钱的事。当你送我离开莫斯科时,你还记得吗,我们都认为你没有我这笔钱也能对付得了,因此我就没有对这笔钱做处置和调配。就在不久前,我手里还有相当大的一笔款子,但这笔钱不知不觉就花完了,到10月之前我都不会再有钱入账——不过我会在短期内把你的二千块还给你,不会超过当初我们根据我个人情况约定的还款期限。此地有传言,说你输掉了你哥哥应该给你的所有钱财。你根本无法想象,这让我多么不安;但是现在我对你人生中的新变化充满期待。你已经不需要用赌博的刺激来驱散家庭的痛苦了。

都说不幸是一座好学校,也许是这样吧。但幸福是一所最好的大学。它会将善良而美丽的灵魂——正如你的灵魂那样,我的朋友;如你所知,我的灵魂也是如此——教育得更加完善。如果说你从前没有结婚,因此还欠我一桩你的美满婚事的话,那么现在我们当然已经两清了。我希望薇拉·亚历山德罗夫娜也会爱我,就像纳塔利娅·尼古拉耶夫娜爱你那样。

你瞧,我的妻子前两天差点儿去世。这个冬天我们一直在开舞会,送冬节的时候他们甚至一天要跳两场。终于到了大斋戒前的最后一个周日,我暗自庆幸:"谢天谢地!总算用不着惦记那些舞会了。"当时我的妻子正在宫殿里,我看到她突然有些头晕,就把她带走了,回家之后她就流产了。谢天谢地,现在她(希望不会引起不吉利的后果①)已经恢复了健康,过两天要去卡卢加村看望她的两个姐姐。我的岳母很任性,把我的两个妻姐折腾得够呛。在收到你的信件之前,我已经把维亚泽姆斯基的债务揽到自己身上了。安德烈·彼得罗维奇的状况很糟糕。他饿得快死了,还发了疯。索博列夫斯

---

① 俄国一种迷信的说法,指若是说了夸奖、赞美之类的好话,反而会引发不吉利的后果。

基和我给了他帮助，倒是没有给他多少钱，就是说了一些训导规劝的话。如今我正在考虑把他送到军团里做军乐队的指挥。他有着艺术家的灵魂和习惯，也就是说，他漫不经心，犹豫不决，懒惰，骄傲又轻佻，把独立看得比什么都重要，但就连乞丐也比按日计酬的工人要独立。我给他列举了德国天才们的例子，说他们克服了那么多的苦难，只为得到荣耀和一小块面包。你欠他多少钱？你想让我替你把钱还给他吗？

还有一件事也让我的境况雪上加霜。前两天我父亲遣人来找我，我去了之后，发现他满眼是泪，而我的母亲躺在床上，整个家里都充斥着可怕的不安气氛。"怎么会这样呢？他们把庄园查封了。"我说："要赶紧把债还上。""债已经还完了。这是管理员的信。"我又问："那为何还这样一团愁云？""从现在开始到10月都没钱过日子了。"我提议说："那你们去乡下住吧。""那怎么能比得了这里。"我还能怎么办呢？要把庄园产业守住，还要给父亲支付生活费。新的一批债务，新的麻烦事。但这又都是应尽的义务：让父亲安享晚年，处理弟弟列夫的事情——他在某种程度上跟安德烈·彼得罗维奇一样是一位艺术家，区别是我弟弟对艺术一窍不通。我的姐姐奥莉加·谢尔盖耶夫娜流产以后又一次怀孕了。这真是奇迹啊。

还有其他的新闻要讲给你听：从1月开始，我就成为宫中的低级侍从了；《青铜骑士》没有通过审查——真是极大的损失和不快！但是《普加乔夫暴动始末》通过了审查，由国王出资印刷。这对我来说是莫大的安慰，尤其是国王还提拔我做了低级侍从，他考虑的是我的官衔，而不是我的年龄——想必他不是在奚落我。等我把自己的事情处理好，就着手处理你的事情。再见了，请你等我把钱还给你。

1834年3月中旬
彼得堡

（崔舒琪 译）

我不沮丧，也不泄气

/ 陀思妥耶夫斯基

陀思妥耶夫斯基早年因参加反封建农奴制度的团体彼得拉舍夫斯基小组而被逮捕，被判处死刑，但在行刑之前改为流放。须臾之间，生死对调，陀思妥耶夫斯基感慨良多，于是给他的哥哥写下了这两封信。

（一）

米·米·陀思妥耶夫斯基：

哥哥，我亲爱的朋友！一切都尘埃落定了！我被判处在要塞（似乎是奥伦堡要塞[①]）服四年苦役，然后去当列兵。今天是12月22日，我们被带到了谢苗诺夫校场，被当场宣判了死刑。他们让我们亲吻了十字架，在

[①] 实际上是鄂木斯克要塞。

我们头顶上折断了长剑,还给我们穿上了死刑犯的白衬衫,然后把我们中的三个人绑到了柱子上,准备执行死刑。我是第六个,三人一组,自然我排在第二排,只剩片刻的生命。我想起了你,哥哥,想起了你的一切。在最后一分钟,你,只有你留在我心里,直到那时,我才知道我有多爱你,我亲爱的哥哥!我拥抱了身边的普列谢耶夫[①]、杜罗夫[②],与他们诀别。最后却响起了终止行刑的信号,原本被捆在柱子上的人被带回原处,他们向我们宣读命令,说皇帝陛下赦免了我们的死刑。接着他们又宣读了真正的判决,只有帕尔姆[③]被免罪,他将回到军队,官复原职。

亲爱的哥哥,我听说我们马上被发派上路,不是今天就是明天。我请求见你一面,但被告知说不可见,所以我唯一能做的事就是给你写信,你要尽快回信。我担心你可能知道我们被判处死刑的事情。在被押送到谢

---

① 俄国作家、诗人和翻译家,文学和喜剧评论家。与下文的杜罗夫、帕尔姆、麦科夫同为彼得拉舍夫斯基小组成员。
② 俄国作家、诗人、翻译家。
③ 俄国小说家、诗人和剧作家,被捕后因悔过而免服苦役。

苗诺夫校场的路上，我透过囚车的窗户，看到外面人山人海。也许消息已经传到了你的耳朵里，你肯定会为我痛苦万分。现在你可以不用那么忧心了。哥哥啊！我不沮丧，也不泄气。哪里的生活不是生活？生活在我们自己心中，而不在外界。我的身旁有许多真正的"人"，我要做他们中的一分子，永远地保持"人"的本色，不管多么不幸，都不灰心丧气——这就是生活的意义和使命。我认识到了这一点。这个想法进入了我的四肢百骸，流入了我的血液。是的，正是如此！那颗脑袋，那颗不停创造、追求高层次艺术生活的脑袋，那颗理解并习惯于精神需求的脑袋，已经从我的脖子上被砍了下来。只有记忆和我曾创造出来却未得到展示的形象留了下来，它们正在让我遍体鳞伤，真的！但我的心还在，我仍然是从前的那个躯体，流着从前的血液，这具身躯仍可以爱，可以受苦受难，可以希望、祝愿，可以追忆往昔，而这终究就是生活啊！

On voit le soleil![①]

---

① 法语，意为"我们还看得到太阳！"。

别了，我的哥哥！请不要为我悲伤！现在谈谈物品的处理问题吧：书籍（《圣经》留在我手里了）和我的几页手稿、几部喜剧和小说的提纲草稿（包括已完成的中篇小说《儿童故事》）都被收走了，很可能会被送到你手上。我把大衣和旧外套留下，如果你派人来取的话。现在，哥哥，我就要被押送上远路了。我很需要钱。亲爱的哥哥，你收到这封信后，如果有机会搞到一些钱，就立刻送来吧。比之需要空气，我现在更需要钱（因为情况特殊）。你也写几行字给我吧。以后，如果收到莫斯科那边的钱，请为我考虑一番，不要丢下我不管……就这样了！我还有些债务，但是拿它们有什么办法呢？

请替我亲吻你的妻子和孩子们。你要常提醒他们想起我，别让他们忘记我。也许终有一天，我们还能相见。哥哥，你和家人多保重，安安分分、眼光放长远点地过日子，多为孩子们的未来着想……积极生活。

我从来没有像此刻这样，思绪翻涌，思维活跃。至于身体能否支撑得住？我不知道。我得了瘰疬①，带病

---

① 颈项结核累累如串珠的疾病。

上路。也许会好吧！哥哥啊！我这一生经历的事太多，现在很难被吓到了。该来的都来吧！一有机会，我就把境况告诉你。

请向麦科夫[①]一家转达我最后的告别问候，就说我感谢他们所有人出现在我的生命中。就这个意思，尽量说得温暖真挚。替我祝叶夫根尼娅·彼得罗夫娜[②]幸福，我永远怀着感激之情想念她。代我握尼古拉·阿波洛维奇[③]和阿波隆·麦科夫[④]的手，握所有人的手。

请你找到亚诺夫斯基，握他的手，感谢他。最后，与所有还没忘记我的人握手。至于忘记我的人，也替我向他们致意吧。替我亲吻弟弟科利亚。给弟弟安德烈写信，告诉他我的情况。给阿姨和姨父写信。这是我对你的请求，请代我向他们鞠躬。给姐妹们写信吧，祝她们幸福！

哥哥，也许我们还会再见。看在上帝的分上，多保

---

① 俄国文学评论家、政论家。
② 俄国女诗人、作家，文学沙龙主办者，麦科夫的母亲。
③ 俄国画家，帝国艺术学院院士，麦科夫的父亲。
④ 麦科夫的哥哥。

重身体，活到我们再相见的日子。也许，我们还能相互拥抱，回忆儿时的青春岁月，逝去的黄金年华，以及我们的青春和希望——此刻，我将它们从我的血液深处撕扯下来，亲手埋葬。

难道我再也不能执笔写作了吗？我认为，机会在四年之后。我会把自己写的所有文章都转寄给你，如果我还能写的话。我的天哪！那么多被我创造出来、寄予厚望的人物，如今却只能在我的脑海里死去、消逝，抑或像毒液一样渗入我的血液！是啊，如果不能写作，我将死去。哪怕坐牢十五年，我也要写作。

请常给我写信，尽可能写得多，写得详细。在每封信里，你不要忘了讲讲家里的详情和琐事。这会赋予我希望和生命。你要知道，你的信让我在监狱里重获新生。（最后的）两个半月禁止通信，对我而言真是痛苦至极，连身体都感觉出了毛病。有时没收到你的钱，我就开始为你担心：说明你过得也很拮据。

再替我亲亲孩子们吧，他们可爱的小脸一直萦绕在我脑海里。啊！要是他们能幸福就好了！你也要幸福啊，哥哥，祝你幸福！

不要悲伤，看在上帝的分上，不要为我忧愁！你要知道，我没有灰心；你要记住，我还没有失去希望。再过四年，我的命运就会好转。我会成为一名列兵——就不再是犯人了。你要确信，总有一天，我会再次拥抱你。更别说今天我已经与死神打过照面，在那三刻钟里，我一直怀揣着与你再次拥抱的希望度过。我曾命悬一线，现在我又活了过来！

如果有谁记得我的坏处，如果我和哪个人吵过架，如果我给某个人留下了不太愉快的印象，那么要是你见到他们，就告诉他们，忘记那些事情吧。我的心中没有恼怒和仇恨，在这一刻，我多么希望能热爱并拥抱每一个熟人。这是何等的愉悦和欢欣，尤其是今天在我临死之际体会到了与亲人们诀别时的痛苦之后。当时我想，判处死刑的消息会杀了你的。现在你就放心吧，我还会活下去，会带着终有一天再次拥抱你的信念而活下去。如今我的心里只有这个了。

你在做什么呢？今天你在想什么？你知道我们的情况吗？今天是多么的冷啊！

啊，真希望这封信早点儿到你手上，不然我在接下来的四个月里都不会得到你的消息了。我看到近两个月里你寄钱的邮袋，上面的地址是你亲手所写，由此推测你身体无恙，真让人高兴。

回首往昔，多少美好的时光都虚掷在迷茫、错误、无所事事和毫无节制的生活上了！我没有珍惜时间，多次做出违背本心和精神的事情。一想到这，我就心如刀割。生命是上天的馈赠，是幸福，是每分每秒都可能酝酿出的永恒幸福。年轻人要是早点儿明白这个道理，该多好！如今，生活发生巨变，我将以新面貌重生。哥哥！我向你发誓，我不会绝望，我会保持精神和心灵的纯洁。我会变得更好。这就是我所有的希望和全部的慰藉。

牢狱生活彻底消灭了我在肉体上的需求，那些不完全纯洁的需求。以前我太不珍惜自己，现在我视艰难困苦于无物，所以请不要担心物质条件的困窘会将我打倒。这是不可能的。啊！要是身体健康就好了！

再见，再见了，哥哥！有时间我会再给你写信！你会收到我对此次旅程更详细的汇报。只要我身体健康，一切都会好起来的！

再见，再见了，哥哥！紧紧地拥抱你，深深地亲吻你。记住我，别为我心痛。不要忧伤，不要为我惆怅！下封信我会写自己的生活是怎样的。你要记得我对你说过的话：要考虑自己的人生，不要浪费它，安排自己的命运，为孩子们着想。啊，什么时候，什么时候才能见到你啊！再见了！现在我要与心爱的一切割裂，离开它们真是太痛苦了！把自己劈成两半、把心脏对半切开也太痛了！别了！与你告别！但是我还会见到你的，我确信，我希望。请你不要改变，继续爱我，不要让你的记忆冷却，我会把你的爱当作一份念想，当作生命中最美好的部分。再见了，再次告别！与所有人告别！

你的弟弟费奥多尔·陀思妥耶夫斯基
1849年12月22日
彼得堡彼得保罗要塞

我被捕时，有几本书让人收走了。里面有两本禁书，其他的书，你能不能帮我取回来？我有个请求：其中一本是《瓦列里安·麦科夫文集》，是本评论集，它的主人是叶夫根尼娅·彼得罗夫娜。她将其视作珍宝，却肯把它借给我。我被捕时，曾请求宪兵军官将这本书转交给她，也给了地址。不知道是否物归原主。请你询问此事！我不想夺走她的这份回忆。再见，再一次与你告别。

你的费·陀思妥耶夫斯基

（二）

米·米·陀思妥耶夫斯基：

终于，我能够和你更尽兴、更详细地聊天了。但在我开聊之前，我要先问问你：看在上帝的分上，请告诉我，为什么你到现在都不给我写信，连一行字也不写？我还有什么期待呢？你相信吗，在这偏僻封闭的地方，我曾多次陷入真正的绝望，以为你已不在人世。一想到这里，我整夜整夜地焦虑，焦虑你的孩子，同时咒骂自己对他们起不到半分助益。

当我得知你也许还活着的时候，我甚至为愤懑和仇恨所攫（这是我的心理处于病态时的事情，过去我常常如此），苦涩地责备你。好在随后这些情绪都消逝了。我向你道歉，想想你肯定事出有因，我劝自己要往好处想。对你，我从来没有失去过信心，我知道你爱我，你想念我。我曾通过司令部给你写信，想着信应该被送到你手上了，我一直在等你的回复，但至今没有任何回音。难道你被禁止写信了吗？可这是被允许的呀，这里所有的政治犯一年都能收到几封信。杜罗夫就收到过几次，而且他写信的请求都得到了长官的批准。我猜，也许你不回信的真正缘由，是你为人太老实，没有向警局提出要求；就算你提出过，在得到拒绝的答复后，你也就不再争取了——可也许拒绝你的人压根儿就不清楚如何办事呢。这样一来，你让我变得自私，我会苦恼地想："看，他连写信的事情都张罗不成，还能为我办更重要的事情吗？"

你快些给我回信吧，先通过官方途径写信，不要再等待机会了，要写得长、写得详细。我现在茕茕孑立，形影相吊，与大家两地分离，很想再与你们紧密相连，却只能空想。缺席的人总是错的。难道我们之间只能如此了吗？不过别担心，我是相信你的。

我免除苦役已有一周的时间了。这封信是在绝密情况下寄给你的，你对谁也不要提及。另外，我还会通过西伯利亚军团司令部再寄一封信给你。通过官方渠道寄去的信件，你要立刻答复，这封信就等方便的时候再回吧。拜托，即便是用官方渠道邮寄的信件，你也要事无巨细地写下这四年来的主要经历。至于我个人的情况，我倒是很愿意给你寄上好几卷的内容，可惜我连写这封信的时间也不太有，只好拣最紧要的事情写了。

最紧要的事情是什么呢？对我来说，最近最紧要的事情是什么？只要一想到这个问题，我就明白这封信是写不完的。我要如何才能把我的思想、理念、经受一切之后的信念和这些年来所有的思考都告诉你呢？我办不到。这样的工作是绝对不可能完成的，我做任何事情都不喜欢半途而废，而平平淡淡地叙说又毫无意义。不过，主要的情报已经放在你面前了，请你读一读，看能否从中获取点信息。这是我应当做的，现在开始我的回忆吧。

你还记得我们是如何分别的吗，我无比亲爱的、珍爱的哥哥？你刚离开我，我们三个人——杜罗夫[①]、亚斯特任布斯基和我——就被下令戴上了镣铐。十二点整，又正逢圣诞节，我平生头一次戴上了枷锁。锁链重达四十俄磅[②]，戴着它走路尤为不便。之后我们被押上了一辆敞篷的雪橇，每人一辆，由一名宪兵押送，共四辆雪橇，传令员坐在最前头，就这样从彼得堡出发了。我心头沉重，惊恐不安，各种滋味交织在一起，一团乱麻，陷入了苦闷和抑郁。得亏新鲜的空气让我神志清醒了点，加上通常在迈出人生新的一步时，会感到一种活力和朝气，因此实际上，我非常平静。在经过一座座的房子时，尤其是亮着节日灯的房子时，我用目光一一与它们告别，与彼得堡告别。我先经过你家，再经过克拉耶夫斯基家，他家灯火通明。你对我说过，他家有圣诞树，孩子们和埃米利娅·费奥多罗夫娜[③]会一起去他家。经过这座房子时，我的痛苦达到了顶点。我似乎要和孩子们永别了。我很怜惜他们，即便多年以后，想到

[①] 俄国诗人、散文家、翻译家。
[②] 俄制重量单位，1俄磅约合409.5克。
[③] 陀思妥耶夫斯基的嫂子。

他们，我还是会流泪。我们走的是雅罗斯拉夫尔大道，过了三四个驿站后，天就放亮了，我们总算停在了施昌瑟尔堡的一家旅店中。我们拼命地喝茶，就像已经一周没喝过似的。

历经八个月的囚禁生涯，又在冬季走了六十俄里[①]的路，我们饿得厉害，现在回想起来都觉得好笑。那时，我的心态已恢复平和，杜罗夫不停地唠叨，而亚斯特任布斯基则对未来感到异常恐惧。我们几人都细细观察、试探我们的传令官。事实证明，他是个很好的老人，心地善良，对我们心怀仁爱；他见过世面，从前为了传输外交文件走遍了欧洲。一路上，他给我们行了许多方便。他的名字叫库兹马·普罗科菲耶维奇·普罗科菲耶夫。而且他还让我们换乘了带篷的雪橇，这太好了，因为天气已然无比寒冷。上路的第二天，节日气氛依旧深厚，只是乡村路上不见什么人影。马车夫坐在我们的雪橇上，穿着灰色的德国呢绒长大衣，腰间系着大红色的宽腰带。在这个美妙的冬日，我们被押送着走在

---

① 俄制长度单位，1俄里约合1.07公里。

荒野上，沿着彼得堡、诺夫哥罗德、亚罗斯拉夫等大路前行。沿路人烟稀少，有些不甚重要的城镇。因为人们还在过节，所以到处都供吃供喝。我们一行人冻得够呛，穿得倒是不少，只是一坐就得十几个小时，也不能从雪橇上下来活动，要一口气跑五六个驿站，真是无法忍受！这钻心的寒冷把我冻坏了，后来进了温暖的房间里，我好不容易才暖和过来。神奇的是，病患的我竟在路上完全康复了。在彼尔姆省①，我们遭受了零下四十摄氏度的寒夜。我可不建议你也去体验一番。那可着实难受呢！翻越乌拉尔山的时刻是最让人忧心的：马匹和带篷的雪橇都陷在了雪堆里，天上刮起了暴风雪。我们不得不从篷里走出来，站在一旁，等着雪橇被拉出来。这时候夜晚降临，四周冰天雪地，暴风雪肆虐。我们已到欧洲的边界，再往前就是西伯利亚和神秘莫测的命运了，而身后发生的一切都将仓皇落幕，我不由得落下泪来。一路上，每路过一个村庄，村民都跑出来看我们。尽管我们戴着镣铐，看上去窘迫潦倒，驿站还是收我们

---

① 今俄罗斯伏尔加河流域工业城市。

三倍的钱。库兹马·普罗科菲耶维奇几乎承担了我们几人一半的花销，他硬要这样做，结果我们其他人在路上只各自花了十五个银卢布。1月11日，我们来到了托博尔斯克，在向长官报告并接受搜查后（在这里，我们身上所有的钱都被夺走了），我、杜罗夫和亚斯特任布斯基被关进了一个特殊小牢房。别的人，斯佩什涅夫和其他比我们早来的犯人被关在另一个地方。此后，我们再也没见过面。我想详细讲讲我们在托博尔斯克停留的那六天的情况，也想讲讲它留给我的印象，但在这里不便谈起。我只能说，那种同情，那种真实鲜活的热情，于我们而言，简直是纯粹的幸福。旧时代流放犯人的妻子（不是流放犯本人），像关心亲人一样关心我们。多么美好的心灵啊，尽管她们饱受二十五年的痛苦，做出过巨大的自我牺牲。跟她们见面的时间很短，因为我们被看得很严。她们给我们送来了吃食和衣物，安慰和鼓励我们。我是轻装上"阵"，甚至没带外套，对此后悔不迭。是她们，给我送来了外套。

接着我们又上路了,三天后来到了鄂木斯克①。还在托博尔斯克的时候,我就打听到了将来直接负责我们的长官是谁。他是个非常正派的司令官。练兵场少校克里夫佐夫却是一个少有的骗子、卑鄙的暴徒,好酗酒寻衅。所有你能够想象到的坏人格,他都有。一开始,他因为我和杜罗夫两人的案子,大骂我们是蠢货,还扬言只要我们稍有差池,就对我们大刑伺候。他已经做了两年的练兵场少校,干了许多有失公允的事情。两年后,他受到了法庭的审判。上帝把我从他手里救了出来。他找碴的时候,总是醉醺醺的(我从来没见过他清醒的时候),对未喝酒的犯人百般挑刺,一口咬定对方喝得烂醉如泥,并借机殴打鞭笞犯人。有时,他夜查牢房,用他醉酒的脑袋里能想出来的任何借口来惩罚犯人,比如犯人不是左卧睡觉,比如犯人在夜里叫喊或说梦话。我们不得不和这样的人和平相处,因为正是这个人,每月都要向彼得堡写报告,提交关于我们的考核鉴定。

早在托博尔斯克的时候,我就接触了苦役犯;现

---

① 今俄罗斯西伯利亚第二大城市。

在在鄂木斯克这里，我要留下与他们一起生活四年之久。这是一群性情粗暴、好狠斗勇的易怒之人，他们对贵族的仇恨超越了一切。为此，他们视我们这些贵族为仇敌，看到我们受苦就幸灾乐祸。要是有人允许的话，他们恐怕要把我们吃了哩。想想吧，那么多年都要与这样一群人为伍，饮食起居都要在一起，我们忍受了多少数不胜数的侮辱，且求告无门，得不到多少保护。"你们这些贵族，都长着铁嘴，把我们啄死了。过去你们是大老爷，折磨百姓，现在你们成了阶下囚，跟我们一样了。"这就是四年来他们反复嘲弄我们的话。

这一百五十个敌人是不会停止对我们的迫害的。他们觉得迫害我们有意思，是他们的娱乐和事业。如果说有什么能够将我们从这种痛苦中拯救出来的话，那就是全然的冷漠、道德上的优越感（他们理解和尊重这点）和绝不屈服的意志。他们能意识到我们的灵魂在他们之上。他们对我们犯下的罪过毫无概念，我们自己也从不提起，彼此之间互不理解。于是我们不得不忍受他们对贵族阶级的一切报复和折磨——这是他们赖以生存的东西。

我们的生存条件相当艰苦，军事苦役比民事苦役苦得多。整整四年，我日日生活在高墙之中，只有上工的时候才能出去，没有一天是休息日。工作繁重，虽不总是如此。

有时，我会累到筋疲力尽，尤其在潮湿的阴雨天、在泥泞的道路上，抑或在冰天雪地的寒冬里。有一次我临时出工，干了四小时的活儿，天冷得连水银都冻住了，估摸有零下四十摄氏度。我的脚都被冻伤了。

我们一群人挤在一间牢房里，你可以想象一下，那是一所古旧、破烂的木头房子，已经无法使用，早该拆除了。夏天，里面闷得透不过气；冬天，又冷得让人发抖。所有地板都腐烂了，蒙上了一层厚厚的脏泥，踩上去会打滑摔倒。小小的窗户上蒙了霜，几乎白天也没法看书。玻璃上结了一俄寸[①]的冰。天花板上滴着水——到处都是漏的。我们好似罐头里的鲱鱼。炉子是用六块木柴生起来的，没什么热乎气（房间里的冰好不容易才化开），煤烟的气味真让人受不了——这就是一整个冬

[①] 俄制旧式长度单位，1俄寸约合4.45厘米。

天的状况。

犯人们还要在牢房里洗衣服，泼得整间小牢房里都是水，连转个身都困难。牢房上着锁，从黄昏到黎明，禁止我们出门如厕，只在各个过道里放上尿桶，恶臭扑鼻。所有苦役犯都像猪一样发出臭味，还说这些腌臜事是不能不做的，因为他们是"活生生的人"。

我们睡在光秃秃的硬板床上，上面只有一个枕头。身上盖的是短皮袄，两条腿整夜都露在外面。一晚上，我们冻得打战。跳蚤、虱子和蟑螂，多得简直要用斗来装。冬天我们穿短皮袄，皮袄通常质量低劣，几乎不保暖，脚上穿的靴子只能盖住短短的一截小腿肚，我们就这样在天寒地冻中行走。我们吃的是面包和菜汤，按规定，每人的汤里应分得四分之一俄磅的牛肉，可牛肉是切好了放进去的，我从来没有见过它的踪影。过节的时候，粥里的油少得可怜。到了斋期，吃的就是清水煮白菜，其他一无所有。

我得了严重的胃病，发作了好几次。你说说，如果没有钱，我怎么熬得过去？如果没有钱，我肯定一命呜呼了。没有一个人、一个犯人能挨过这样的日子，所以每个人都会找点活干，卖点东西，挣几个小钱。我平日喝茶，有时候花钱买块牛肉吃，这可真是救命的习惯。不抽烟也不行，不然在这么闷的地方会憋死的。这些事情都得悄悄地办。

我常常生病进医院。因为神经系统紊乱，我时不时地癫痫发作，好在次数并不多。我的两条腿都得了关节风湿病。除了这些，我觉得自己相当健康。对了，还有一件烦心事，那就是没有办法弄到书读；就算弄到了，也要偷偷地读。周遭是没完没了的敌意和吵闹、咒骂、喊叫、喧哗，我们又处在监视之下，从来不能独处。整整四年，一直如此——评价这样的日子是艰苦的，不为过吧？

此外，还要动不动受罚，戴着镣铐，精神完全被打压着，这就是我的日常生活了。至于这四年来我的灵魂、信仰、思想和心理发生了哪些变化，说来话长，我就不告诉你了。幸而我一直用思考来逃避现实的痛苦，颇有成效，且萌生了很多从前没有想到的想法和希望。不过这一切尚是谜团，在此不展开说了。只有一件事最为重要：勿忘我，帮助我。我需要书和钱。哥哥，看在基督的分上，给我寄钱来吧。

鄂木斯克小城令人厌恶，没有什么树木。夏天酷热，刮着扬沙的风；冬天暴风雪肆虐，看不到自然风景。整座城都很脏，高度军事化，伤风败俗的事屡见不鲜。我指的是干粗活的底层人。要不是我在这里遇到了一些好人，我早就死了。康·伊·伊①待我情同手足，为我做了他能做的一切，还借钱给我了。如果他去彼得堡，你要感谢他。我欠他二十五个银卢布。他时刻准备好满足我的任何请求，像亲兄弟一样照顾我、关心我。我要如何报答这一片古道热肠呢？而且不只是他一个人！哥哥，世间还有许多高尚的人啊！

在信的开头，我说过你的杳无音信让我备受折磨。谢谢你寄来的钱。收到第一封信后（哪怕是通过官方渠道发出的信。我现在还不知道如何通过非官方渠道向你传递消息），你收到第一封信后，请回我一封详细的信，谈谈你的各种情况，谈谈埃米利娅·费奥多罗夫娜和孩子们，谈谈所有的亲朋好友；还有莫斯科的那些

---

① 指康斯坦丁·伊万诺维奇·伊万诺夫，军事工程师，将军。

人，都有谁还活着，谁去世了；再讲讲你的生意①如何，有多少资金，有无收益，是否有了一些财产；还有，你能否在金钱上给予我帮助，一年能给我寄多少钱来。

你千万别把钱放在通过官方渠道寄来的信里，除非我不能给你另一个地址。你暂时用米哈伊尔·彼得罗维奇②的名义寄（懂这个意思吗）。现在我手里还有钱，只是没有书。如果可以，请给我寄一些今年的杂志来，就算是《祖国纪事》也好。另外我最需要（极度需要）的是古代和当代的历史学家、经济学家以及教会神父的著作，古代的要法语译本。请你挑选便宜的、小开本的书，尽快寄过来吧。

我被派遣到塞米巴拉金斯克③，快要到吉尔古斯草原上去了。我把地址给你，不管怎样，可以寄到这里：塞米巴拉金斯克，西伯利亚边防军，步兵第七团。这是

---

① 1852年米·米·陀思妥耶夫斯基在出售了父亲的产业后，用自己分得的那部分资金开办了"惊喜香烟"工厂，生产装在盒子里的香烟，盒子里还会放一些惊喜小礼物，比如丝带手镯、望远镜、时尚的书房用品等。
② 疑为虚构的名字。
③ "塞梅伊"的旧称，哈萨克斯坦东北部城市。

官方的地址，你寄到这个地址即可。但是寄书的地址，我另给你一个，你还是暂时以米哈伊尔·彼得罗维奇的名义寄来吧。请记住，我最需要的还有德语词典。

我不知道在塞米巴拉金斯克等待着我的会是什么。对此，我漠不关心。但我没法不关心的事是：能否在一两年后把我调到高加索去呢？[①]毕竟是俄国啊！请你为我斡旋，替我求人！这是我火一般的愿望，请你看在基督的分上去求人吧！哥哥，不要忘了我！

看啊，我写信给你，支配你的一切，甚至包括你的财产。因为我对你极其信任，你是我的哥哥，你爱我，而我需要钱，需要活下去啊，哥哥。这些年我不想白白地让它们过去，我需要钱和书。你在我身上也不会白白付出，如果你资助我，你的孩子不会一无所有。只要我活着，我会加倍地偿还给他们。毕竟，约莫六年后，我就可以发表作品了，也许还会更早。但未来多变，谁也说不准，我就不胡说了。你会听到我的消息。

---

① 陀思妥耶夫斯基想被调往高加索的愿望，可能与俄国文学将高加索视为诗意而英雄的土地有关系，而这一调动也能给他迅速升军衔的机会。

哥哥，我们很快就会见面。对此，我深信不疑，就像深信二乘二必然得四。我心中一片清明，未来和要做的事情如在眼前，清晰明了。我对生活心满意足。

我唯一需要担心的是遇到专横之人，比如爱挑剔的长官（是有这类人的），吹毛求疵，断送别人的前途或借军务残害下属。我如此单薄虚弱，肯定无法承受当兵的重负。有人这样鼓励我："那儿都是单纯的人。"可是比起复杂的人来，单纯的人更让我感到害怕。

不过，人无论到哪儿，遇到的终归也是人。在服苦役的四年里，我终于在强盗中间认清了真正的人。你相信吗，这世上存在着性格沉稳、意志坚定、心灵美好的人。在粗糙的外表下，发现内里是金子是多么快乐的事啊！且不仅是一两个人，而是好几个这样的人。有的人实在不能不让人敬重，还有一些完全是好人。我教过一个年轻的切尔克斯人（他是因为抢劫被抓进来的）俄语和认字。他对我感恩戴德！还有一个苦役犯，跟我告别时，竟哭了起来。我给过他钱，虽然并不多，他却对我感激涕零。

惭愧的是，我的脾气变得很坏。我很任性，对他们表现得不耐烦。他们照顾我的情绪，默默忍受一切。服苦役期间，我见识了多少民间典型人物啊！他们性格各异，但我们相处融洽。我敢说，我对他们非常了解。有多少流浪汉和强盗啊，还有活在黑暗中不幸的人们！足够写出好几大本书了。多么好的人民啊！总之，我没有虚度光阴。

如果说我对俄国还不够了解，那么至少我是了解俄国人民的，且了解程度之深，恐怕无人能及。说这话只是我小小的自尊心作祟，请原谅！

哥哥！你一定要把你生活中重要的事情都告诉我。你已知晓，无论是通过官方还是非官方的渠道寄信，信件都要寄往塞米巴拉金斯克。请你写上我们所有住在彼得堡的熟人的境况，写上文学界的现状（尽量详细一些），还要写上莫斯科那些人的情况。弟弟科利亚怎么样了？妹妹小萨莎怎么样了？姨父还活着吗？弟弟安德烈怎么样了？有机会的话，我将通过妹妹小薇拉给阿姨写信。这封信要保密。看在上帝的分上，一定要藏好我的这封信，甚至烧掉，不要连累别人。

我亲爱的朋友，不要忘记给我寄书来。最需要的书是历史学家、经济学家的著作,《祖国纪事》,教会神父写的书和关于教会历史的书。可以分好几次在不同的时间寄出,但一定要赶紧寄过来。我像支配自己的钱包那样支配你的钱包,但我不了解你手上有多少钱。请你确切地告诉我你的经济状况,好让我心里有数。

我的哥哥,你要知道书籍是我的生命,我的食粮,我的未来!看在上帝的分上,请你不要丢下我不管,求你了!去请求批准,看能否通过官方的途径寄书给我。不过,一定要多加谨慎。如果可以通过官方途径,那你就直接寄给我;如果不行,就通过康·伊的兄弟转交,收件人写他的名字,会有人转寄给我。不过,康·伊今年会亲自到彼得堡去,他会把所有的事都告诉你。他家庭幸福,娶了是十二月党人安年科夫的女儿,人很好很年轻。多么美好的心灵,尽管他们饱受磨难!

我尽量想办法在塞米巴拉金斯克另找一个地址给你,一周后我就要到那里去。我的身体还有点小毛病,要滞留一段时间。请把《古兰经》、康德的《纯粹理性批判》寄过来,如果能够通过非官方途径给我寄东西,就一定要给我寄黑格尔的著作,尤其是他的《哲学史》。我的未来系于此!

还是那句话,看在上帝的分上,请你尽量去请求将我调往高加索,向了解内幕的人打听情况,询问我是否可以发表作品,以及如何就此事提出申请。我希望两三年后可以发表作品。在那之前,请你养活我吧!没钱的话,大兵会把我折磨致死。你一定要记住啊!是否有其他亲人可以帮我呢,哪怕只帮一次也好?如果有的话,就让他们把钱交给你,你再转寄给我吧。不过,我在寄给小薇拉和阿姨的信里没有向她们要钱。如果她们有心帮忙的话,她们会猜到的。

菲利波夫在出发去塞瓦斯托波尔①之前送给我二十五个银卢布。他把钱留在了司令官纳博科夫处,当时我并不知情。他以为我以后不会有钱了。善良的人啊!其实我们这些流放犯过得还凑合。托尔结束了苦役生涯后,如今在托木斯克②,生活不错。亚斯特任布斯基在塔拉,快要服完苦役了。斯佩什涅夫在伊尔库茨

---

① 克里米亚地区西南部港口城市。
② 今俄罗斯西西伯利亚城市。

克[①]省，赢得了人们的爱戴和尊敬。上帝待他不薄，不管他身在何处，身份如何，最天真直爽、最不明事理的人都会顷刻崇拜他、尊敬他。彼得拉舍夫斯基还像过去那样，缺少智慧和理性。蒙别利和利沃夫都身体健康，而可怜的格里戈里耶夫彻底发了疯，躺进了医院。

你怎么样了？有没有见到普列谢耶娃夫人？她的儿子情况怎样？我从路过的犯人那里得知，他现在在奥尔斯克[②]要塞，还活着，而戈洛温斯基早就去了高加索。你如何看待文学？你的文学创作如何？有没有写些文章？克拉耶夫斯基怎么样？你们关系如何？我不喜欢奥斯特洛夫斯基写的书，压根儿不读皮谢姆斯基的作品，对德鲁日宁写的东西感到恶心，而叶夫根尼·图尔的作品让我赞叹不已。我也喜欢克列斯托夫斯基的作品。

我有很多事想要告诉你，但过了这么长时间，写信说事，已属不易。请务必相信，我们对彼此的心意不会

---

① 今俄罗斯东西伯利亚城市。
② 今俄罗斯奥伦堡州城市。

发生多大改变。吻所有的孩子们。他们还记得费佳①叔叔吗？请代我向所有熟人致意，但务必对这封信严加保密。再见了，再见了，我亲爱的！你会听到我的消息，也许还可以看到我。我们一定会再见面的！再见了。你把我写的所有内容都好好读一读吧。请你常给我来信（哪怕是通过官方途径）。无数次拥抱你和亲人们。

你的弟弟

又及：你是否收到了我在三角堡写下的《儿童故事》？假如它在你手上，请不要随意处置它，也不要拿给任何人看。在1850年写下《双重人格》的切尔诺夫是谁？请给我寄雪茄烟来，不要质量太好的，但要美国产的，也要"惊喜香烟"。

看来明天我大概要去塞米巴拉金斯克了。康·伊还要在这里待到5月。我觉得，如果你想给我寄东西，比如说书籍，还像之前那样，以米哈伊尔·彼得罗维奇的名义。

到了塞米巴拉金斯克，也许我会给你另一个地址

---

① 指陀思妥耶夫斯基。

（非官方渠道），你一定要通过官方渠道给我写信，越快越好，越多越好。看在上帝的分上，替我斡旋一下吧。能否把我从西伯利亚调到高加索或别的地方？现在我打算写长篇小说和戏剧了，还要读很多书。不要忘记我，再次与你告别。亲吻孩子们。再见。

1854年2月22日

鄂木斯克

（崔舒琪 译）

仰起脸直冲太阳

/ 小林多喜二

小林多喜二1931年加入日本共产党，1933年被捕入狱，不久不堪忍受酷刑，惨死狱中。作为朋友的田边耕一郎曾去狱中探望过小林多喜二。狱中生活虽然艰苦，但小林多喜二还是保持着阅读的习惯，并写信给田边耕一郎，与其探讨书中观点。

田边耕一郎：

我应该早些写信给你。不论何时想起你，我都会想到你毫无顾忌地到巢鸭监狱来探望我的情谊。这让我深受感动。现在我手捧着你的来信，再次为拥有你的友情而高兴。

透过高高的、小小的铁栅窗口，我可以望见天空的一隅。我想，此刻的你们一定在同一片天空下，在明媚、清澈的秋日里，沐浴阳光，自由行走吧。但是，我就像拉车的马一样低头啃读，对一切视而不见。常常有人来看我，我总是贪婪地望着他们，因为他们的脸上吸满了阳光。每次出去运动，我都会像向日葵一样，仰起脸直冲太阳。我急切地打开衬衫的扣子，露出青色的胸膛。可我最近发现一件很糟糕的事，我的眼睛对阳光"过敏"。我多次强行正视阳光，但和以前相比，感觉特别晃眼。

昨天（11月3日[①]）中午，我们听了留声机，领了一个小包子和一个小豆馅儿年糕。这里好像常常会让你产生一种天下太平的感觉。你知道吗，如果你真想让身陷囹圄的我高兴的话，其实很简单。那就是借用你喝茶的五分钟时间，或和谁就某个普遍性的问题讨论的十分钟时间，给我写一张明信片。你要知道，你用五分钟给我写的东西，会让我在这里反反复复读上一周时间。读信让我了解了不少新鲜事。我曾跟人提过，我以新的视角重读了武者小路的作品，重新审视了这位像堂吉诃德一

---

① 明治节，明治天皇的诞生日。

样没落的作家。

他如此坦诚（有时又非常荒诞）、真实地表现自己，令我震撼。我在想，如果我们周围出现这样一位坦率、百无禁忌地展现自己真实面貌的作家会怎样。当我对托尔斯泰新的评价终于被认可时，我认为我并不是盲从他人，单纯地否定某位作家。

在这里，看书有各种限制。高兴的是，来到这里之后，我终于可以慢慢看《经济学家》和资产阶级做的各种统计数据。可以说，我专心致志，沉浸其中。我曾听说，某位音乐家在自己家里总是沉浸在阅读乐谱的喜悦中。结果，他一去演奏会，在乐谱中独自陶醉的美好氛围瞬间被打破。当然，这件事另当别论。我不知疲倦地看着这些用数字罗列的统计表，时而自言自语，时而若有所思，用手来回摩挲着面颊和下颌。我不知道今后像我们这样的人是否需要关注这些方面。我们的领袖伊里奇[①]说过，要打败敌人，最好依托敌人的招数。

在这里，我基本读不到托尔斯泰的作品，只能读到两三个短篇，但能读到安德烈·纪德的书。我正在读

---

① 指无产阶级革命家列宁。

他的《窄门》《背德者》《田园交响曲》，这些作品过于阳春白雪，常常无聊得很，让人想起磨损了光泽的雕刻。托尔斯泰像一把钝口的柴刀，正面向我们砍来；而纪德像一把锋利的小刀，直刺我们的内心。住在东京的新锐青年，可能不喜欢托尔斯泰。

我在这里又认识了新作家，狄更斯和巴尔扎克。我虽然不过是刚知道他们，却被他们的才华震撼了。无论我怎样自负，跟他们相比，我的小说无异于用词造句。巴尔扎克虽然有时饶舌，不懂装懂地执着于趣味性，但确实从心底打动了我。你读过《欧也妮·葛朗台》吗？如果是陀思妥耶夫斯基翻译的，感觉还算好懂。但是《贝姨》我没有全部读完。

狄更斯的《双城记》，如果你没读过，那么我劝你一定好好读读。虽然它被各种曲解，但既然说托尔斯泰的《复活》是一部优秀作品，那《双城记》也是。

这样，我把三分钱的邮费全部给你，见到武田麟太郎时，请他给我来信。同时，我期待你的来信。

1930年11月4日

（应中元 译）

幸好您还在这里

等待月亮

/ 席勒、歌德

歌德与席勒关系密切,他比席勒大十岁,社会地位也比席勒高,但他们在精神上是平起平坐的。两人还合办过《时代》杂志,常常互通书信。在这些书信中,我们得以窥见他们的友谊和思想。

(一)

在魏森费尔斯,我见了朋友科尔讷,他从德累斯顿[①]过来。回来之后,我就收到了您的倒数第二封信。读之,我欣喜不已。从信中看出,我对您本性的看法与您自身的感受不谋而合,且我直抒胸臆的交流方式也并未让您反感。我们之间迟到的熟稔唤起了我心中美好的

---

① 德国东部城市,萨克森州首府。

期待。对我来说，这再次成为一种佐证，证明很多时候我与其勉力强求，不如静待机缘。尽管我无比期盼与您建立更密切的关系，比一位作家与他最热心的读者之间的关系还要深入，但我现在完全理解，您和我的成长轨迹天差地别，我们不可能更早与彼此熟识。而现在，对我们双方来说，时机恰到好处。我终于可以期待，余生能够与您并肩同行。我们双方都能从中获益良多，因为在长途旅行中，往往是最后一程的旅伴最能互诉衷肠。

请您不要期待从我这里获得层出不穷的灵感，这正是我想从您那里获得的。我需要和追求的是，在小众领域尽可能创造出更多东西。我缺乏生活常识，不懂人情世故，聪明如您，肯定知道有些时候这种缺点也会成为创作时的优点；我思维活跃，思想聚焦，在别人还没反应过来时，我就已经超前思考了；内容单调时，我能用形式丰富它。您追求的是简化您那恢宏的精神世界，而我则满足于自己并不丰富的思想，试图赋予它更多变化。您有一个待您指点江山的王国，而我只有一个人口不算少的大家庭。这个大家庭里有我熟悉的概念，我全心打造它，想把它扩建成自己的一方天地。

在很大程度上，您的精神依赖直觉，您的思维借助想象。其实这已经是人类本身所能做到的极限，前提是能够提炼出自己的观点，并且结合自身的感受总结出规律。这是您的创作追求，而且您已经最大可能性地实现了它！我发挥理智时，整个人都会变得抽象化。我漂浮不定，像个二合一的产物，漂在概念和直观之间、规律和感受之间、理性头脑和天才创造之间。正因如此，我不管是在思考，还是在搞艺术创作时，都显得呆头呆脑，这在我创作初期尤为明显。当我该是哲学家的时候，我偏偏像个诗人；当我想创作的时候，哲学的理性思维又跑出来了。即便是现在，我仍常常遭遇这样的困境，我的想象力阻碍我的理性思维，我冷静的理智又会拖创作的后腿。如果我能自由控制这两股力量，随心为它们确定边界，那我在创作和思考时定能游刃有余。可惜的是，当我真正认识并开始使用精神的力量时，我却患上了疾病。它不停地折磨我的肉体，我可能再难有时间去完成一场巨大的、彻底的精神变革了，但我仍将尽我所能地推动它。这样一来，即使最后大厦将倾，也许我已经抢在前面将最有价值的东西从烈火中救出来了。

您让我讲讲我自己,那么我就冒昧地讲两句。我是因为信任您才作此剖白,希望您能以仁者之心接纳它。我在此就不细说您的文章中那些给我们的谈话以灵感和启发的细节了,我自己通过不同的渠道所做的研究和素材搜集让我得出了与您殊途同归的结论,您可能会在我随信附上的文章中发现此事。这些文章是我在一年半之前仓促写就的,论创作的诚意和动机(为一位宽厚的朋友而作),它们都还只是一些相当粗糙的作品,因此要向您致歉。但是,因为我在您的文章中看到了与之相似的理念,故而对它们又多了一份信心,我感觉与您更接近了。

您的席勒

1797年8月31日

耶拿

(二)

我在花园中的安静生活虽然不足以称为成果丰硕,

但也总算小有收获。

这段时间我悉心研究了温克尔曼[①]的生平及其作品，试图从细节上逐一厘清这位杰出人物的贡献和影响。

同时我还在继续收集和修订我的小诗。在这个过程中，我可以看出，尊重规则才能有所成就。我既已承认要有严格的格律规则，那么我便不会再受其困扰，反而会觉得这对我的创作有所裨益。当然，有些地方需要穷根究底。如果十年前福斯在《农事诗集》的引言中就此观点写得不是那么云山雾罩，就帮了我们大忙了。

这一周，我一反常态，常常到午夜还未入眠，就为了等待月亮，然后兴致勃勃地用奥赫望远镜观察它。不久之前，我们几乎对月亮这重要的对象还一无所知，但现在已经能把它拉近眼前，仔细地观察它、认识它。这种感觉真的很棒！施罗特有一部很好的作品——《月貌学》，这本书可以作为一本观月指南，帮我们大大缩短探索的路程。夜晚时分，清寂无声的花园有一种特殊

[①] 德国考古学家、艺术史家、美学家。

的魔力，早晨也不会有嘈杂的声响将我吵醒。再这样下去，我可能又会培养出新的习惯，那样我就会被归入畏光、怕吵、喜欢独处的怪人中去了。

您的信刚到，信中提到的新的悲剧题材乍看之下很有价值，我会再想想能否深挖。毫无疑问，如果历史仅仅是将未经加工的事实作为素材和情节提供给作者，这比让作者去纷繁复杂的故事中寻找真相要便捷得多；因为面对后者那种情况，作者总是不得不考虑历史情况的特殊性，会偏离纯粹的人性角度，也就受困于现实无法发挥出诗意了。

....

歌德

1799年8月21日

魏玛[①]

（刘彦妤 译）

---

① 德国中部图林根州城市，位于伊尔姆河畔。

幸好您还在这里

/ 托马斯·曼、黑塞

1904年,二十八岁的托马斯·曼在出版商的介绍下,认识了比他小两岁的黑塞,自此两人开始了长达近半个世纪的友谊。尽管他们的性格特点、做事风格截然不同,但相似的人生经历让他们互相扶持,惺惺相惜。

(一)

亲爱的赫尔曼·黑塞:

您的来信我已收到,上面画着的漂亮小人儿头让我感受到了写信人家里的温馨氛围。您的信给我带来了极大的快乐。信上没有标明日期,还被神秘的"检视者"打开过了,也许他在百慕大看了我们的信。我不知道它在路上走了多长时间才到我手里,希望我现在写下的感谢语能完好无损地到您手上。告诉您,我的思绪常常飘到您所在的瑞士，五年的书信往来，让我们心意相通，彼此接近。

我永远不会忘记，在国家倾颓以后，我无法重归故土，如失根浮萍一般住在您那里。您的生活令人羡慕，您的援手给了我很大的支持和慰藉。这段久远的时光被后世当作新纪元，人们经历它、忍受它和开创它。谈及瑞士，不得不让我想到另一个问题，那就是我是否还能回到瑞士、回到欧洲？天知道我的生命力和耐力还能否坚持到那一刻，我怕——如果"怕"字用得精确的话——这会是一个漫长的过程。倘若形势发展到欧洲变成了我不认识的样子，那么即使我能回家，又有何意义呢？另外，几乎可以肯定，我所处之地虽然还能暂时做着"远离纷争，保持自我"的美梦，但很快就会被卷入变革和动荡中。还能有别的可能性吗？我们休戚与共，并不像表面上看起来的毫不相关。这对我来说，是一种安慰和强有力的支持。

听到尊夫人和她亲友们的不幸遭遇，我很悲痛。那些坏事做尽的历史缔造者制造了无数的人间惨案，他们的恶行人神共愤，天理不容，我已经不再期待他们能做出真正的忏悔和补偿。但我相信,犯下这些罪行的德国将会遭受更加严重的反噬。无论如何,每个人都或多或少受到波及。我的次女莫妮卡在贝拿勒斯陷落时失去了她的丈夫,而她自己在海浪中漂流了二十个小时,全靠抓着一艘漏水船的边缘,才挨到得救——这简直是奇迹。她现在在普林斯顿,和我住在一起。可怜的姑娘已经千疮百孔。我哥哥海因里希和我儿子戈洛①有幸都挺了过来。但我没能把我的妻弟从法国解救出来,他以前在布鲁塞尔②当教授。菲舍尔夫人和她的女儿已经拿到了签证,只差一个出行的机会。还有贝尔曼一家,夏天的时候我们在加利福尼亚见过,他们住在康涅狄格州③的老格林尼治(写这个地址足矣)——一个离纽约不远的地方落了脚,贝尔曼还是一样的积极进取又能干,美国人喜欢他,他会实现抱负。

---

① 指戈洛·曼,德国历史学家、作家和哲学家,托马斯·曼的第三个孩子,1937年至1940年间在苏黎世做编辑,1940年与叔父海因里希一起逃难到西班牙,后转至美国。
② 比利时首都和经济、文化中心。
③ 美国东北部新英格兰地区一州。

您在信中提到一个大好消息，就是您还在坚持写作，您那美妙的小说只剩最后四分之一没完成了。这件事最大的意义在于，这世上还有一样东西，是"我还想要经历的"。这比战争的"结果"更重要，也许战争根本就不会有结果，所有的一切都被裹挟着奔向未知。可以说，我的态度和您一样，一直都在尽我所能地在时代的洪流下保持自我。对于陪您去往瑞士巴登的小乐趣①，您可以微笑着容忍吧。毕竟，它揭示了人如何保有自由和欢愉。历史在一定程度上构筑了从《绿蒂》到《约瑟夫》的回归之路，我现在重新写《约瑟夫》的故事了。但是我的写作不得不经常被上电视、做讲座、旅行以及其他日常的琐事和"外界"的安排打断。

为了看望我的第二个孙辈——四周大的安杰莉卡·博尔杰塞，我在这里待了几天。我的长孙是小儿子米夏埃尔和他的苏黎世小媳妇生的，他们住在加利福尼亚州的卡梅尔小镇上。那里夏天风景迷人，等到春天，我可能会搬到那里去。我在靠近海洋的圣莫尼卡购置了

---

① 指托马斯·曼的短篇小说《被换错了的脑袋——一则印度传奇》。

一处位置优越的地皮，那里长着七棵棕榈树和大片柠檬树。如果不是因为快要打仗，建材价格一路上涨，我本想在那里盖个房子。

祝您安康，亲爱的黑塞先生，期待与您重逢！您应该不会到我这里来吧？为什么要来呢？但是有朝一日，世界会让我去拜访您的。

您的托马斯·曼

1941年1月2日

芝加哥温德米尔酒店

（二）

亲爱的黑塞先生：

长久以来，我没有一个像样的书房，但现在这些书终于被整整齐齐地摆在了我面前，因为几周之前，我买了新房，手上的书得以有了安放之地。此刻，我手上拿着的一本小书，正是您十六年前主编的《舒巴特的生活和信念》。您为此书所作的后记吸引着我开始阅读，借用舒巴特①的惯常说法，这一阅读便"把羽毛笔塞到了我手中"，当然美国人会说"台式钢笔"，而不是"羽毛笔"。这本书促使我再次给您写信，关心您的近况，聊表想念之情。在不能不尽可能多地阅读英语书（好在我终于渐得其乐了）后，读到这本热情洋溢的德语书时，我很享受。书中舒巴特讲述了他作为艺术家癫狂而悔恨的一生。昨晚我甚至给我的家人朗读了一些段落，还笑出了眼泪——虽然原文绝非意在引人发笑。但他的自述多有特点，多有教育意义啊！正是这些文字让那个时代跃然纸上，使我们得以窥见当时德国的城市样貌、宫廷生活和科学成就，以及拥有克洛普斯托克②（自称为"天使"）和被誉为"德国阿里昂③"的约翰·塞巴斯蒂安·巴赫④的半威尔士艺术生活。总之，我为您旧日的赠礼道谢。

---

① 德国诗人、政论家，曾被囚十年。他一生创作了八百多首诗歌。
② 德国诗人，对歌德和狂飙突进运动影响甚巨。他是歌德之前最杰出的德国抒情诗人，认为写诗是神圣的天职。
③ 据传为古希腊的一位传奇诗人与音乐家。
④ 德国作曲家，被称为"西方音乐之父"。

当然，我早应该写信给您，感谢您寄给我为朋友们印刷的、十分可爱的书信短文集。我得告诉您，短文集我已收到，并高兴地拜读过了。深受古典浪漫主义熏染的德语大概已经濒临灭绝，在这最后的残篇中还能看到一点儿实属不易。对古典浪漫主义的感知已经在对自我内心和外在并行的放逐中消退了，退到极隐秘的地方，这种感知现在看来竟已捎带着讽刺的意味。

您的书也在德国被禁了吗？消息都传到这里来了。这流言可能只是流亡者的自我安慰，但是如果它成真了，我也不会感到惊讶。因为尽管您极力克制，毕竟还是不可能长期掩饰您的本质和外部世界之间的分歧，并且您终会为了追寻自我的完整暴露这种分歧。那些血腥残暴的怪物大概也知道所谓"民族大清洗"是不可能持久的，您一定能挺过这一关；瑞士不会让您忍饥挨饿，除非它自身也处于困苦之中。

我正在写《约瑟夫和他的兄弟们》的第四部，快要结尾了，我才愈发体会到写这本书的乐趣。我已经决定，暂且放弃残存的欧洲"市场"。因为根据目前交流的情况，完全不可能将一本主题如此敏感的书付印。韦尔弗①的新作《露德的故事》②已经证明了当下的市场环境。另外，就书里叶公好龙式的天主教信仰和莫名其妙的迷信主义，我已经毫不客气地批评了。那本书里尽是印刷错误——这也难怪，因为作者本人读不到修订后的内容。我不会允许贝尔曼如此对待《约瑟夫》。贝尔曼出版社不仅会出版英语版，还会出德语版，以保证不丢失德语原文的语意。如此甚好，不要搞得有一天德国人还得把此书从英语译回德语。

我们还会再见吗，亲爱的赫尔曼·黑塞？我期盼。我还会再见欧洲吗？我怀疑。大概要等到战争结束，我们才会重逢吧！但是对我们而言，战争结束是那样的遥遥无期，战争结局又是那样的不可预见、扑朔迷离，那么我们又何必隔着大洲空谈这种话题呢？其实我们每个人都在以一种莫名的执念书写着自己的战争结局，不是吗？我们都在走向一种可能性，已经创作出来的作品"也许会被抛到沙滩上，像一只废弃的破船躺在瓦

---

① 奥地利作家。
② 即长篇小说《伯尔纳德之歌——露德的故事》，于1941年出版。

砾中，最后被时间的沙砾覆盖"（致洪堡的最后一封信[1]）。而我只能在目前的外部环境下顺势而为，对此我感激不尽——因为我现在坐拥此生最美好的书房，外面风景如画，从房间里望出去就是海洋，您真该来看看。花园里种着棕榈树、油橄榄树、胡椒树、柠檬树和桉树，草地上繁花盛开，播种几天后就可以修剪草坪了。坐在花园里，神清气爽，心旷神怡。这里几乎全年晴空，阳光让万物变得无比美丽起来。戈洛、可怜的莫尼[2]和我们住在一起，我们期待着艾丽卡[3]的到来。现今气氛压抑，这个可爱的孩子艾丽卡总会给我们带来一些生机与活力。最小的几个孩子会从芝加哥和旧金山把孙辈们带过来，随信附上一张弗里多林的小照，他是比比[4]和他瑞士媳妇的儿子。

关于您的健康，请让我们听点儿好消息吧。代我俩

---

[1] 这是歌德写给洪堡的最后一封信中的话。洪堡是德国学者、政治家，是歌德与席勒的挚友，是普鲁士教育事业的领军人物，创办了柏林洪堡大学。
[2] 托马斯·曼的次女。
[3] 托马斯·曼的长女。
[4] 托马斯·曼最小的儿子。

向妮农①女士问好!

> 您的托马斯·曼
> 1942年3月15日

（三）

亲爱的托马斯·曼先生：

衷心感谢您的祝愿，我还要感谢您促使斯德哥尔摩出版社做出的决定。我原打算写一封配得上您和此事的感谢信，但是这段时间，我灵感的小火苗只燃起了些许微光，濒临熄灭，所以只好请您多担待。

今年对我来说，是心想事成的一年，我得到了很多盼望已久的礼物：夏天，我的两个姐妹在我这里小住了几周，在她们不得不回到阴沉的日耳曼之前，我安慰她们，照顾她们的日常起居；接着我获得了歌德奖；然后

---

① 黑塞的第三任妻子。

人们在纽伦堡①吊死了我此生最憎恶的敌人罗森堡②；11月份我获得了诺贝尔文学奖。头等美事是我能和姐妹们共度一段时间，对我来说，这是唯一真切的事情。其余的那些，我尚未来得及体会，较之成功，我一向对挫败和损失更敏感，消化得更快。有那么一周，我被像侦探一样无孔不入的记者包围着，不单有瑞典的记者，还有其他国家的。我未曾向他们透露过家庭地址，对这种"突袭"，着实吓了一跳。不过我逐渐感受到此事也有积极的一面，我的朋友们，特别是我的妻子，都开心得像个孩子，他们开香槟庆祝。贝斯勒这个老伙计高兴得不得了，我的许多老读者喜不自胜，他们终于不再为喜欢我的文字而感到羞愧了。如果我的身体也能慢慢好起来，我就会在这一切之中获得更多乐趣。

握您的手，我想起在慕尼黑菲舍尔夫妇下榻的酒店与您初识的情景，那是1904年吧。

---

① 德国东南部城市。
② 法西斯德国战犯，纳粹党理论家。

希望您已收到了我的小小文集[①]，里面的文章倒也没什么大不了的，但起码它们反映的立场和观念始终如一。

向您致以诚挚的问候，衷心祝愿您和家人万事顺意。

赫尔曼·黑塞
1946年11月19日
纳沙泰尔市马林

（四）

亲爱的托马斯·曼：

您在不久前写了一首美好的颂歌，赞颂稍纵即逝的瞬间，您把它献给了亲爱的海德维希·菲舍尔女士。在我看来，这是您写得最好的短篇散文。我们作为诗人，终其一生都在留住稍纵即逝的瞬间，并将其化为永

[①] 指黑塞所著的《战争与和平，对1914年以来战争和政治的观察》一书。

恒（在这个过程中，我们大概都会意识到，这个"永恒"只是相对而言）。正因如此，我们或许比其他人更有理由去肯定和赞颂转瞬即逝，比如古老的玛雅王国。

对我来说，如果我的朋友您也只是"转瞬即逝的幸福"（这个美好词汇无非为了赞美过去），那我既无法打起精神歌颂幸福，也无法感知幸福，我只会感到沮丧，久久沉默不语。幸好您还在这里，我可以期盼不久后再见到您，与您共度轻松快乐的一个小时。因此我乐于加入庆贺者的行列，祝您八十岁生日快乐。

您知道，一直以来我都敬畏着生命的两面性，所有我热爱、倾慕的东西都自我矛盾、一体两面，我正是被这一点吸引、折服。对您，我也是如此。您身上的美德、勤奋、耐心以及工作时的执着引起了我的注意，且深深打动了我，并让我深思。我越了解您世俗意义上的、汉萨同盟①式的美德，越为之折服，越发谦卑，越不敢自夸。这种自我约束和甘于供您差遣的心意，足以表达我对您的尊敬。但仅仅如此，还谈不上热爱。真正

---

① 中世纪德意志北部城市间结成的商业、政治同盟。

让我对您热爱的是您不媚世俗、敢于反叛、勇于讥讽、直言不讳，以及您直面问题的勇气和对于实验性写作的强烈兴趣。当然还有您像艺术家一般不畏风险、乐于探索的热情，您善于运用新的艺术形式和表达工具，这在您的《浮士德博士》和《被选者》两部作品中表现得尤为明显。

我不再继续向您讲一些您比我知道得更清楚的事了。那些蒙昧的读者试图挑拨我们之间的关系，但他们始终未能如愿。他们永远不会理解我们之间的友谊，也不会懂得我们的惺惺相惜，就像他们也无法理解尼古拉斯·库萨[①]所说的对立统一一样。

向您致以衷心的祝愿和问候。

赫尔曼·黑塞

1955年5月

（刘彦妤 译）

[①] 文艺复兴时期德国哲学家。

没有妖怪，没有英雄

/ 福楼拜、乔治·桑

乔治·桑喜欢抛头露面，四处旅行；福楼拜却愿意待在家中，不喜欢出门。生活习性如此不同的两个人却成了忘年之交（乔治·桑比福楼拜大十七岁）。他们之间的通信，内容多是关于文学理论和文学创作的探讨。

（一）

您18日的来信言辞间流露出慈母般的温柔，让我思索良多。我将它反复读了十遍之后，必须承认，我不确定是否看懂了这封信。一句话，您想让我怎么做？请您明示。

我尽我所能不断地充实自己的头脑，认真工作。剩下的就不再是我能左右的了。

相信我，我并不是为了好玩"故作悲伤"，但我不能换掉看到一切的眼睛！至于说我"缺乏信念"，唉！信念令我窒息。我心中满是压抑的怒火。说到对艺术的理想，我个人认为不应该在作品中加入自己的任何意见，作者不应该在他的作品中出现，就像上帝不会在自然界中出现一样。个人微不足道，作品至上！这个观点我可能是从错误的角度出发了，遵守该点谈何容易。但对我来说，至少这种永久性的牺牲是为了让作品更加有质感。我确实可以以我口说我心，用几句话让居斯塔夫·福楼拜先生感到宽慰，但这位先生的感受有那么重要吗？

我的老师，我的想法和您一样，都认为艺术的作用不仅仅在于批评和讽刺，所以我从来没有刻意尝试在作品中添加两者中的任何一个。我总想努力深入事物的本质，专注于最广大的普遍现象，尽量避免在作品中出现偶然和戏剧性的因素。没有妖怪，没有英雄！

您对我说："我没有文学建议给你，也不对你的那些作家朋友们评头论足。"啊！没想到！但我需要您的忠告，希望听到您的评论。除了您，还有谁能给我忠告，给我评价呢?

说到我的朋友们，您用上了"我的流派"一词。我不喜欢这种词汇，我一直尽我所能不建立任何流派，且有意事先与他们区别开。您所指的那些经常与我见面的人，他们追求我所鄙视的一切，很少关心我苦恼的事情。我认为技术细节、当地的报道，以及历史和信息的准确性都是创作中次要的元素；我只把美作为至高无上的追求，而我的那些同行们对此却漠不关心。当我在欣赏美和憎恶丑之间来回横跳时，我在他们的脸上看不到任何波澜。那些让我为之痴狂的句子，在他们看来平平无奇。当龚古尔①在街上捕捉到一个可以用在书中很贴切的词汇时，他欣喜万分，而我则会在写完一页没有任何相似或重复用词的稿件时欢欣雀跃。我会用文学大师们的一些句子为加瓦尼的作品题词，比如维克多·雨果的"阴影如同婚礼，庄严、肃穆"，或者孟德斯鸠院长的"亚历山大的罪恶和他的美德一样极端。他愤怒时可怖至极、残忍至极"。

---

① 法国自然主义小说家。

最后，我勤于思考，以便更好地写作。但写好才是我的最终目的，对此我毫不掩饰。

我缺乏对生活清晰的看法，也没有广阔的视野。您说的一点也不错，但正确看待生活的方法又是什么呢？请您帮我解答。请不要用那些玄而又玄的理念来解答我的疑惑——这样既不能照亮我头脑中的黑暗，也无法使他人理解；也不要用宗教如天主教的词汇或诸如"进步""博爱""民主"等概念，这些同样无法解答我当前精神上的困惑。激进主义者所倡导的全新的平等信条已经通过生理学和历史学的实验被否定了。我不知道今天有什么办法可以建立一个新的原则，也看不出有什么办法可以遵守旧的原则。所以我在寻找其他一切能够建立在其之上的观念。我尚未找到。

在此期间，有一天利特雷对我说了一句话，此话一直萦绕在我脑海中，他说："啊！我的朋友，人类是一种不稳定的化合物，而地球是一个相当低级的星球。"

不久之后，我将离开这个世界，去往另一个不会比这里更差的地方，这个想法成了我活下去最大的支撑。马拉曾说："我宁可不要死。"啊！不！我受够了，我对这个世界厌烦透顶!

  我现在正在写一本简单的无聊之作,母亲可以拿给女儿读的那种。整本书只有二十几页,我还需要两个月的时间才能写完。这就是我正在做的事。这个小故事一出版,我就给您寄去一本。

1875年12月

(二)

我亲爱的克吕沙尔[①]:

  我每天都想给你写信,苦于实在没有时间。终于,我得以暂时休息:一场大雪覆盖了整个世界。我喜欢这样的天气,一片雪白,仿佛有一种净化一切的力量,连同室内的娱乐活动都变得让人更加心神愉悦、亲密无间起来。谁会讨厌乡下的冬天呢?雪真是一年中最美的胜景!

---

① 指福楼拜。

看来我之前喋喋不休，却没有清楚表达自己的意思。在这一点上，我和东正教教徒倒是有些共同之处，但我不信奉东正教，也不信奉平等或权威的概念，对这些我都没有确切的想法。

你似乎认为，我想让你皈依某种学说。不，我不是这个意思。每个人都有自己看待问题的角度，我尊重个人选择的自由。几句话就可以总结我所信仰的理念：不要站在晦涩不明的玻璃窗后看待问题，透过玻璃窗只能看到自己鼻子的倒影。观察事物时，距离越远越好，从近旁、周围、远处等各个角度去观察，发现事物好的一面和坏的一面，领会真、善、美对所有有形和无形事物永无止境的吸引力。

我并不是说人类总向着顶峰奔波。无论如何，我都坚信这一点；在这个问题上，我不想过多争论，这没有意义，因为每个人都会根据自己个人的观点进行判断，而普遍性的观点暂时是贫瘠和丑陋的。而且，我不需要得到世界及其居民的认同，不需要所有人都像我一样相信善和美的存在是必要的。这个世界若是偏离了这个规律就会灭亡；如果地球上的人类拒绝按此规律行事就会被毁灭。其他星体，其他灵魂会从他们身上掠过，那是他们的选择！但就我而言，我想遵循善和美的准则，直到生命的尽头。这并非说我相信或需要依靠这些来获得某种福报，而是说同我的至亲至爱一起走在向上的道路上是我唯一的乐事和享受。

换句话说，我从隐秘中逃脱，追求本我和自我，并确信这就是我生存的法则。我们离真正的人还很远，离我们自称的起源猴子还很近。好吧，如此说来，我们更有理由远离猴子，至少要达到我们种族能被真实理解的程度。真实太贫瘠，太狭隘，太卑微！好吧，至少让我们尽可能多地拥有真实，那样失去时也不至于太过伤感。

我想，对于这个信念，我们双方都认可。然而，我在实践这个简单的道理，你却不然。因为你甘于被打败，你的心没有真正接受这一信念；因为你抱怨命运不公，渴望死亡，像一个天主教徒般渴望来世的报偿，哪怕这报偿只是永恒的安息，哪怕你并不比其他人更确信这种报偿。生命也许是永恒的，如此一来，工作也变为永恒的了。如果一切真的如此安排，就让我们勇敢地迈步向前；如果不是这样，如果人死之后，一切皆灭，就让我们圆满完成自己的分内之事，这是我们的责任。我们只对自己和同胞负有明确的责任，其他皆与我们无关。我们摧毁自己信念的同时，也摧毁了他们的信念。我们的堕落也会使他们堕落，我们跌落的同时，也会连累他们一起摔倒。所以，我们有义务为了他们保持站立的姿态，保证他们不会摔倒。

对不久之后死亡的渴望，如同对长生的渴望一样，都是一种弱点。我不希望你再将死亡称为一种权利。曾经我也有过这种想法，但如今我抛却了这个念头。曾经我像你一样感到无力的时候，会对自己说："我无能为力。"这乃自欺欺人。我们可以做任何事，拥有自己不曾想过的力量。当我们热切地渴望上升，渴望每天更上一层楼时，要对自己说："明天的福楼拜必须比昨天的更好，后天的福楼拜必须更加坚定，心智更加清明。"坚信自己站在上升的阶梯上时，你才能快速地进步。

渐渐地，你将抵达人生最幸福、最顺利的年纪：老年时期。那时，艺术将展现出温柔甜蜜的一面，不像年轻时，艺术只会在痛苦中出现。你喜爱一句至理名言，胜过所有的形而上学。我也一样，喜欢用简单的几句话概括那些鸿篇巨制，但只有对这些巨著有了透彻的理解（要么接受，要么拒绝其中的理念），才能做出最为精辟的总结，使其成为最具表现力的文学艺术。正因如此，人类心灵为追求真实所作出的努力绝不能被轻视半分。

我同你说这些是因为你在言语间流露出执着的偏见。发自内心地讲，你比我和其他很多人都更努力地阅读、钻研与工作。你所达到的学识层面，我终其一生也无法企及，所以你比我们大多数人都富有百倍。你如此富有，却像个穷人一样哀嚎。一个草垫里装满金子的乞丐，却只想着靠精心雕琢的句子和精挑细选的词语养活自己。但是，傻瓜，翻翻你的草垫，以你的金子为生吧。用你脑子里和心里积聚的情感与想法滋养自己，那些单词、短语，还有你如此重视的形式，会自然而然地从你的领悟中浮现出来。你将这种领悟认定为一个目标，但实际上，它只是一种效果的体现。幸福的表现只源于情感，而情感只源于信念。人不会被自己不热切相信的东西感动。

我并不是说你不相信，恰恰相反，你一生对人的深情、爱护，你的善良、朴素，都证明了你是所有人中最坚信这一理念的人。但是，当你投身于文学创作的时候，不知道为什么，你总想成为另一个人，那个必须消失的人，必须被消灭的人，那个不存在的人！多么怪诞的嗜好啊！多么错误的高雅情趣啊！我们的工作只有在自身有价值的情况下，才会被赋予价值。

谁和你说这样就必须把真实的自己放在台前？事实上，如果没有将作品打磨成一个极具真实性的故事，那么作者费劲呈现出来的真实，也无济于事。将自己的灵魂从正在创作的文本中移开，这是一种什么样病态的幻想？隐藏自己对所创作角色的情感，让读者不确定应该对角色持什么看法，不希望被读者理解？一旦这样做，就是读者离开你的时候。因为读者听你讲故事的前提，在于你必须向他们清楚地表明，你笔下的这些人孰强孰弱。

《情感教育》就是一本未被理解的书，我再三告诉过你，你置若罔闻。这本书要么需要加上一个简短的序言，要么需要一段指责性的表达，哪怕只是时不时地出现一个评论性的修饰词，来谴责邪恶，定性失败，指出努力也好。但这本书里的所有人物都软弱无能，一败涂地，只有那些本性邪恶的人安然无恙。现在人们对你的责备也正在于此，人们不理解你为什么要描绘一个可悲的社会，在这个社会里，本性邪恶才是生存之法，而值得颂扬的努力却徒劳无功。当世人不理解我们作者时，错误总会被归结到作者头上。读者想要的是深入我们的思想，而你却摆出一副高高在上的姿态，拒绝被读者理解。读者认为你在鄙视他们，取笑他们。我能理解你，那是因为我了解你。

如果有人把你的书抹掉署名带给我看，我会觉得这部作品写得很好，但不近人情，我会纳闷作者是不是一个不道德的人、一个怀疑论者、一个冷漠的人，或者一个悲伤的人。你说写作就该如此，如果福楼拜先生表露出他的思想和对文学事业的目的，就是违反了高雅品位的规则。你错了，大错特错。只要福楼拜先生写得好，写得认真，人们就会被他的个性吸引，就会和他作品中的人物一起沉沦或得到救赎。如果一个人的作品让人们疑惑不解，读者就不会再对他的作品感兴趣，这部作品将不为人所欣赏，落得被弃置一旁的结果。

我已经抨击过你最为推崇的歪理邪说，即只为二十个聪明人写作，而将剩下的其他人都不放在眼里。但这并不是你的真实想法，因为作品的不成功会激怒你、影响你。况且，也没有二十个评论家真的称赞你写得多么好、多么了不起。所以，不要再只为二十个人写作了，而要为三万或十万人写作。

你必须为所有渴望阅读、享受阅读的人写作。因此，作品必须直奔我们心中最高的道德标准，书中的道德观念和有益的教益不可秘而不宣。以《包法利夫人》这部作品为例，虽然公众中的一部分人愤慨不已，谴责此书有伤风化，但大部分有健全判断力的读者都能看出此书是对一个没有道德、没有信仰、虚荣无知、自私自利和愚蠢至极的女人严厉又尖锐的训斥。虽然这是出于艺术刻画的需要，以求获得读者同情和怜悯包法利夫人的效果，但这并不影响教育意义的清楚传达，且有助于读者更好地反思。如果你愿意在书中更多地表达你的看法，对女主角、她的丈夫和她的情人们的看法，人们会更好地理解这部作品。

在我看来，这种想要描绘事物的本来面目、描绘生活中真实可见的偶发事件的想法并不合理。将无生命的事物写实还是诗化，我都不在乎；但如果涉及人的内心活动描写时，那就是另一回事了。你不能从对人物内心活动的沉思中抽身出来；因为书中的人物就是你，而读者则是其他人。不管你做什么，你的故事都是一场你与读者之间的谈话。如果只让读者看到冷冰冰的恶，却从来不让他们看到善，读者就会生气。他们会想知道到底是他们错了，还是你错了。你创作的目的是想努力地打动读者，使其产生共情；如果你自己都没被感动，或者你将自己的情感深藏起来，以至于让读者认为作者无动于衷，你就永远无法成功打动读者。读者的观点不无道理，极致的客观是一种反人类的东西，而一部小说必须首先具有人性化的特质。如果这篇小说不具有该特质，读者就不会心甘情愿地承认它写得好，编得好，细节观察得好。因为它缺乏了小说的一项主要特征：兴趣。

如果书中所有人物都是好人，没有任何差异，也没有任何弱点，那么读者也将无法融入其中；读者能看得出这些人物和现实中人的相距甚远。我相信，小说这种特殊的叙事艺术,只有通过人物的对立才能展现其价值。但在人物的斗争中,我希望看到善的胜利。打败正直善良的人也不是不可以,但不要让他受到玷污或贬损,即使他身处火刑场,也要让他觉得自己比杀害他的刽子手更幸福。

乔治·桑

1876年1月12日

诺昂

这封信,我已经写了三天,每天都想把它扔进火里烧掉。因为这封信写得冗长又啰唆,而且很可能没什么用。在某些方面持对立观点的人,本来就很难相互理解,我担心你像上次那样不能充分了解我的用意。话虽如此,我还是把这张潦草写就的信函寄给你,这样你就会知道,我关心你,如同关心我自己一样。

经历过厄运之后,你急需一次成功。我想告诉你成功的必要条件都有哪些:保持你对写作形式的崇拜,但更要注重内涵,不要把真正的美德误作文学中的陈腔滥调,在书中给这份美德一个明示,通过那些你喜欢嘲笑的疯子和白痴衬托出诚实与坚强人物的高贵品质，在精神失败的背后，展示它的坚实之处；最后，离开传统的现实主义者，回到真正的现实中来，回到混合着美丽与丑陋、灰暗与光明的现实中来，但在真正的现实中，善的意志要能找到合适的位置和用武之地。

我代我们所有人拥抱你。

1876年1月15日

（李泓森 译）

我心向您

/ 屠格涅夫、托尔斯泰

作为俄国早期的文学巨匠,屠格涅夫向来对年轻一辈的文学事业颇为关注,尤其是对小他十岁但文学造诣颇高的托尔斯泰寄予厚望。他们的书信或探讨文学,或互相鼓励,或切磋技艺。后来屠格涅夫不堪忍受托尔斯泰酗酒和赌博的恶习,与其断交长达十七年之久,但最终冰释前嫌。

(一)

最亲爱的托尔斯泰:

您那封10月15日发出的信,在路上辗转了整整一个月,于昨天才被送到我手上。我认真思考了您信上的内容,认为您说得对。我的确无法对您百分之百地坦诚,因为我自己就无法坦诚地面对自己。我觉得,我们是在错误的时间里尴尬地结识了。下次再见面时，我们的交往会顺利、容易很多。

我觉得自己是把您当作一个"普通人"在爱着（对于您作为"作家"的那一面，没有什么好说的），但您身上也有许多我不敢苟同的东西，于是我最终认为，跟您保持较远的距离比较合适。

下次见面时，我们当试着再度携手共进，或许会拉近彼此的距离。而在相隔两地的时候，尽管这听起来十分奇怪，我心向您，把您当成亲兄弟，甚至感到我对您有种温情。简言之——我爱您——这毫无疑问，也许随着时间的推移，我更能感受到这段关系的美好。

听说您生病了，我很难过。对于生病的事，您不要胡思乱想，也不用紧张兮兮，总怀疑自己得了肺结核。其实，您真的没得肺结核。对于您妹妹的事，我很遗憾，有谁比她更应该拥有健康的身体呢？我的意思是，如果有谁配得到健康的体魄，那么这个人就是她了。可恰恰相反，她一直在忍受病痛的折磨。要是莫斯科的医疗技术能让她身体康复，那就好了。您为什么不详细写写您哥哥的情况呢？为何他会愿意待在高加索？还是说，他想成为一名伟大的战士？我从叔叔那得知，你们已经动身去莫斯科了，因此我把这封信寄往莫斯科的博特金那，由他转交给您。

和您一样，我也很讨厌法国人的腔调，巴黎从来没有像现在这样，让我感到如此枯燥无味、平平无奇。过去，我来过巴黎，那时，它讨人喜欢。现在，我被束缚在这里，因为我与这里的家庭不可分割，我那可爱聪明的女儿，我很爱她。若不为此，我早就离开此地去罗马找涅克拉索夫[①]了。他从罗马写来两封信——他有点儿寂寞，这可以理解，罗马所有伟大的事物都在他身边，他却无法与之共存，无法满足于只在刹那之间对伟大事物情不自禁流露出的或赞叹或惊讶的心绪。不过，他到底比在彼得堡的时候快活、轻松，他的身体正在好转。费特[②]如今就在罗马陪着他呢……是啊，兄弟，他曾经到过巴黎，您无法想象他茫然无措的样子。他寂寞、沉闷、歇斯底里，除了自己的法国仆人，谁也不见。他

---

① 俄国诗人，革命民主主义者。
② 俄国诗人，19世纪俄国唯美主义诗歌的代表人物。

曾到村里（即维阿尔多先生那里）找我，印象中，那次会面我们彼此都不愉快（此事请勿外传）。他这个军官衣着讲究，手上戴满戒指，胸前排着圣安娜勋章，用蹩脚的法语说着愚蠢至极的笑话，丝毫没有幽默感。他双眼瞪圆，嘴巴张得很大，脸上带着疑惑不解的神情——糟透了！在我的房间里，我们激烈地争论着，粗野的斯拉夫语回荡在整栋房子里。总而言之，情形不太美妙。不过，他写了几首优美的诗和一篇详尽的旅行札记。虽说语言稍显稚嫩，但也有些良言妙语，还带有一种感人的质朴感。您称他为"有魅力的人"，的确如此。

现在来聊聊车尔尼雪夫斯基[①]的文章吧。他的语言干巴、表达冷酷、态度傲慢，我很不喜欢。但很开心这些文章得以发表，因为里面有对别林斯基[②]的回忆，人们终于尊敬地谈到这个名字了。想必您无法体会到我这种快乐的心情。安年科夫[③]来信说，我之所以会被

[①] 俄国革命民主主义者、哲学家、文艺评论家、作家。
[②] 俄国革命民主主义者、文艺评论家、哲学家。
[③] 俄国文学批评家。

触动，是因为我身处异国他乡。他说，对他们而言，这些文章已然落后了，如今不需要这样的文章了。也许吧——他处在一个更能看清全貌的位置。无论如何，我还是很高兴。

您已完成《青年》的第一部分，这太好了。真遗憾啊，我没法听到跟它有关的内容！如果您没有误入歧途（似乎没有理由去做这样的设想），您就会走得更远。祝您身体健康、活力十足、灵魂自由。

至于我的《浮士德》①，我觉得您并不会特别喜欢这部作品。我的作品曾得到过您的喜爱，也许还对您产生过一些影响，但这是在您写出自己的作品之前。现在，我没有值得您学习、研究的东西了，您只能看到写作方式上的差别和一些谬误，以及一些藏头露尾的话。接下来，您要研究的是人，是自己的心，还有真正伟大的作家。我是社会转型时期的作家，只适合处在转型之中的人。

感谢您妹妹的附言，代我向她和她丈夫致意。谢谢

---

① 此处不是歌德的《浮士德》，是屠格涅夫自己的作品。

瓦连卡没有忘了我。我本来还想跟您聊聊当地的文学作品，下次再说吧。紧紧地握您的手。

您的伊·屠格涅夫
1856年11月16日[①]
巴黎

又及：我没有预付邮费，您寄信时也这样做吧。

（二）

亲爱的伊万·谢尔盖耶维奇[②]：

即便只有寥寥几句话，我也要给您写信。这一路上我都在想您的事情，思绪多得可怕。昨天夜里八点，经历了要命的火车旅途后，我终于坐上了一辆公共马车的露天座位，看到了一条前行的路，还有高挂于天上的月亮。旅途中形形色色的声音和气息，以及我所有的愁

---

① 此为俄历，公历为1856年11月28日。
② 屠格涅夫的全名为"伊万·谢尔盖耶维奇·屠格耶夫"。

思和疾病，都在顷刻间消逝了，或者说，它们变成了您很熟悉的那种寂静、感人的快乐。我离开混乱之城[1]，真是件再明智不过的事了。我强烈请求，您也到某个地方走一遭，不过千万不要乘火车。火车之于旅行，正如妓院之于爱情——同样的方便，但也都机械到没有人情味，又乏味单调得要命。在做了处决犯人的梦[2]后，我决定离开，这个决定可没有白做（请注意，我是在俄历28日[3]出发的）。我一个人度过了奇妙的春日月夜，坐在公共马车的前座上，来到了瑞士，直达日内瓦，没有碰到托尔斯泰的家人[4]。我一个人整夜坐车，观赏湖色，沉浸在月色里，随后下意识地翻开了一本书——一本福音书，此地圣经协会的所有期刊里都有这本书的内容。

---

[1] 指巴黎。
[2] 托尔斯泰在巴黎时看到了用断头台处决犯人的情景，受到了惊吓，夜里经常梦见自己被砍头。
[3] 托尔斯泰认为28是他人生中的重要数字，他生于俄历8月28日，且出生年份是1828年。但根据托尔斯泰的日记，他此处的记录有误，出发时间应为俄历的27日而非28日。
[4] 指托尔斯泰当时住在日内瓦的亲戚。

我感到幸福极了，甚至流下了眼泪。我愉快地惊觉，在此情此景中，我一刻不停地想您，但愿您更幸福。我在那座混乱之城住了一个半月，灵魂里充斥着各种肮脏污秽：两个女人、断头台、无所事事和下流庸俗。您不在乎道德那套，尽管您活得比我要正派得多，但就连您也在六个月的时间内生出了许多与您的灵魂不相符的东西。

说真的，若您乘坐公共马车出行，或者在乡村的夜间散散步，勇敢地哭出积存在心中的所有眼泪，再看看自己，心情大抵就会变得轻松舒畅很多。请您去打听一下，奥尔洛夫和利沃娃公爵小姐现在关系如何。我觉得您说得对，奥尔洛夫会如您所愿是一位好丈夫，但假如事实并非如此，请您坦诚地告诉我，像她这样的女孩会不会有爱上我的可能。我的意思是，假使她知道我希望与她结婚，她会不会觉得恶心和可笑？我仅想知道这点而已。

我非常确信，这样的怪事不会发生，写下它也觉得好笑。但假若它发生了，我会向您证明，我也有爱的能力。您尽管讽刺地、无望地和忧伤地微笑吧。我爱人的方式不同寻常——但我有爱的能力，这我能感觉得到。再见了，我亲爱的朋友！请您不要让我现在写的内容影响您对我的总体评价和判断吧。何况就算是一个好人，有时也会做出让人大跌眼镜的事情，就像一匹老马，有时候也会不听驾驭，要么疯跑，要么停住不走哩。如今，我的灵魂中也有一些意外而奇怪、但又万分真诚的停驻。

您的朋友列·托尔斯泰伯爵

1857年3月28日[①]

日内瓦

（崔舒琪 译）

---

① 此为俄历，公历为1857年4月9日。

可以望见火山

/ 三岛由纪夫、川端康成

川端康成是三岛由纪夫的文学领路人，后来两人发展成知心好友，川端康成还做媒促成了三岛由纪夫的婚事。他们互通书信上百封，在信中他们谈文学、谈美学、谈东西方文化，也谈生活里的琐事。

（一）

昭和25年5月9日[①]

由大岛冈田村大岛观光酒店三岛由纪夫

寄至镰仓市长谷264号（明信片）

川端康成先生：

好久不见！

---

① 即1950年5月9日。

上次未能见面，我深感遗憾。

东京的各种喧嚣、吵闹让人几近神经衰弱，无法正常工作，我便突然想到岛上看看。上岛之后，我竟然不可思议地神清气爽起来。天晴的日子我可以望见火山，一种"仿佛对世界的悲悯之情"油然而生。在这种情感驱动之下，工作进展自然迅速。

到达这里的那天晚上，火山每隔三十秒就有一次小规模喷发，玻璃窗整晚都在抖动。火山口上空像被夕阳渲染得一片火红，每当大地轰鸣，火山粉状物飞舞，恰如海浪般，浪尖撞击在岩石上，向空中溅起飞沫。

上个月，据说一位勇士，在同伴们面前投身于沙漠上滚梯般缓缓流动的熔岩流中。同伴们无法救助，只能眼睁睁看着。他们测算着时间，据说直至全部融化，只用了十五分钟。

另外，之前在贵府见到京都服装店的北出先生，我曾告诉他家里的地址，于是他找上门来，让我为母亲买了件和服。

新潮社出版了您的大作，他们找我作解说，荣幸之至。

最后望您保重身体，一俟归京，我定去拜访。

（二）

昭和31年11月1日[①]

寄自东京都目黑区绿之丘2323号

寄至镰仓市长谷264号

川端康成先生：

　　谢谢您的来信！

　　久疏问候，谨表歉意！

　　您的胃不适，我很担心。我在国外旅行时，由于饮食过于油腻，又吃得多，我常常胃痛，一个人蜷缩在酒店房间里，抱着胃部，无计可施地等待着天亮。我的胃痛很奇怪，只要坚持到天亮就会好，没什么特效药。听说福田恒存也深受胃痛折磨。朋友推荐的方法无非戒酒和运动之类，没有什么立竿见影的好疗法。对于您来说，每天做些简单运动，或许最为合适。比如，请日本体育大学的学生，每天教您做一些简易体操。如果您愿意，我和日本体育大学的教授联系，以图方便。世界上确实没有什么药物比体操更有益。

---

① 即1956年11月1日。

恭喜您的《雪国》和《千羽鹤》在国外出版，美国人并不傻，该懂的地方都会懂。反而是欧洲人头脑僵化，对日本文学缺乏灵活的理解能力。今夏我见到了来日本参加东大研讨会的马克·肖勒先生。他前几天来信说，哈考特·布雷斯出版社要出版由唐纳德·金翻译的《太阳的季节》，正在和石原君洽谈合同。信中还说金先生对这部书的翻译非常上心，在注解中提到"石原的作品对美国青年并无害处，且已被广泛接受"。此外，库诺普出版社的施特劳斯先生计划明年3月份来日本。

我的《潮骚》在《纽约时报》畅销栏目只刊登过一周，之后就消失了。其原因是翻译者韦瑟比在费用上斤斤计较，我拒绝和他合作了，下一步必须寻找新译者。我在想所谓的这些外国人，是不是都和韦瑟比一样，金钱至上。

我光顾唠叨自己的事了，7日前后，豪华版《金阁寺》（金光闪闪的版面，像个一夜暴富之徒）即将出版，我准备奉送给您，就不送简版了。还有，11月27日戏剧《鹿鸣馆》首次在文学剧团上映，届时您若莅临，不知我会有多高兴。如果您能来，请告诉我时间和人数，我把门票送过去。最近，年轻人不会读"'鹿'鸣馆"，来电话问"'家'鸣馆"①的票什么时候开售，好像理解成旅馆名了。

下面一半是闲话了，文学剧团的演员中也有高手，当有人问"这次演什么戏"时，他故意回答道："'七'鸣馆"，问的人一下子蒙了，于是他认真地用手指数起来，"啊，错了，应该是'六'②鸣馆"，很搞笑吧？

还有，《中央公论》推荐的《楢山节考》您读了吗？读起来真让人不寒而栗，登载那种作品的《中央公论》，我碰都不想再碰。听说还要拍成电影，等到放映时，我恐怕都不会从电影院门前路过。这样令人倒胃口的文学作品，多少有些有悖道德吧！

《猫与庄造与两个女人》这部电影，您看了吗？我喜欢猫，家里女佣看了这部电影说，"完全和少爷您一样啊"。就在此刻我正在给您写信时，猫就趴在我的膝盖上酣睡，有七八斤重，像小杠铃一样。

---

① 在日语中，"鹿鸣馆"和"家鸣馆"谐音，都可以读成"kameiKan"。
② 应该是"鹿"，与"六"谐音。指演员在玩谐音梗。

天气日渐寒冷，请多保重身体。

三岛由纪夫
11月1日

（三）

昭和33年8月26日[①]

由长野县轻井泽町1305号

寄至东京都目黑区绿之丘2323号

三岛由纪夫先生：

今天早晨拜读您的慰问信，不胜感激！原计划准备今天回去，家人带狗自驾，我乘火车。但广播说有台风，计划就推迟了。现在是夜里将近十一点，就像凑热闹似的，广播里都是有关台风的报道，我听了一整天。

自8月初我在镰仓病倒后，每天就不停地看高中棒球、职业棒球节目。8月底来轻井泽后，听职业棒球、相

---

① 即1958年8月26日。

扑之类的广播节目就是我最大的工作。不瞒您说，日子过得着实很惬意。

几年前开始，我的胸口窝常常在半夜疼起来，最近越来越频繁。我原来一直以为是胃，这次疼痛发作时，找附近的医生看，发现是胆囊肿了，说是胆结石。不知道是否有石头，所幸多年的病终于查到病根了。

到轻井泽后，我心情不好，总想呕吐，但三四天前突然好了。医生提醒说胆囊总疼的话，可能会转化成癌症，建议做手术切除。但没有了"胆"，不正如修辞学上老话说的"没胆量"了吗？实际上，不仅是胆，或许我的五脏六腑都老化了，而工作好像还没真正开始。

本想邀请您和新夫人一起过来，结果拖延了；想去美国，迟迟未能成行；工作进展也不顺利。现在我知道了，这一切都是身体的原因。这次回去，我一定养好身体，重整旗鼓。像您的宗达歌右卫门这样的文章，以前我写不出来，现在更写不出来了。

等台风停息了，我就回去。至于病情，您不用担心。无论如何，我是个病人，还请您私下里多多体谅。

妇女杂志上登载的令堂的故事，令人感动。原来了解不多，请包涵。

十二点前，有一阵风把杂树林里的树叶吹得沙沙作响。不过，信州很少有台风，这间山上小屋又被防风林包围着，请您放心。也愿贵府安然无恙。（预报十二点前还会有台风。）

肯回美国那天顺道来镰仓看我，那天我从病床上下来，大家一起聆听了您创作的戏曲上演的盛况。

请向令尊、令堂和夫人问好。我的病还好，大概是近日来难得的好状态（譬如今天）。

川端康成

26日

（四）

昭和39年12月25日[①]

由镰仓市长谷264号寄至东京都大田区马达町东一1333号

---

① 即1964年12月25日。

三岛由纪夫先生：

我总是拖稿，不能如期交付，您为我这种恶习写来感谢信，还在前几天晚上悉心款待我，我真是羞愧啊！

我每天闷在福田家，像是处于重复练字时的枯燥烦闷中。是您让我得以喘息，心情舒畅。

但我又把时间搞错了，过早拜访，添麻烦了，请代我向夫人致歉。

正如我所说，勒达①是日本盗版品（本以为雕刻不可能有赝品，只是做工粗糙些罢了，没想到真有赝品）。由于梅原先生的画稿在您府上，我就把作品带来了，请放在您家庭院的角落里。我打算写电视小说之类的作品，可又对自己的才疏学浅怅然若失，姑且把这作为学习的开始吧，真不知会写成什么样。

正月第二天，我又将踏上旅程。期待您2日的光临，欢迎您带朋友来。

---

① 希腊神话中的仙女。

我先写到这，请原谅我回复太迟。
致敬！

> 川端康成
> 12月25日

另外，能见到您孩子，我非常开心。

（应中元 译）